新名 智
Niina Satoshi

虚魚《そらざかな》

角川書店

虚魚

目次

写真／ Iska
装丁／原田郁麻

そら‐ざかな【空魚・虚魚】（名）

①釣り人が自慢のために、釣り上げた魚の数や大きさなどを、実際よりも大きく言うこと。また、その魚。

②（主に釣り人同士の）話の中には登場するが、実在しない魚。

一、釣り上げると死ぬ魚の話

釣り上げたら死ぬ魚がいるらしい、とカナちゃんが言った。

「なにそれ？」

最初、わたしは話半分で聞いていた。そんなことより顔にかかる枝や雑草がうっとうしい。

虫除《むしよ》けスプレーが効いていればいいが、と思った。

「阿佐谷《あさがや》の釣り堀で金魚を釣ってるおじさんに聞いたの。そういう魚がいるんだって」

「金魚の釣り堀に？」

「じゃなくて、海に」

道路を外れてから、もうかなり歩いていた。シャツの内側に汗がべっとりとまとわりついている。ここまで本格的に山歩きさせられるとは思わなかった。時計を見ると四時近い。できれば日が沈む前に帰りたい。

後ろのカナちゃんは、と見ると、まるで疲れた様子がない。いつの間に拾ったのか、太い木の枝を杖《つえ》代わりにして藪《やぶ》を払っている。彼女がいつも着ている薄汚いカーキ色のジャンパーの、いたるところにひっつき虫が貼りついていたけれど、本人は気にしていないようだった。

「それってあれじゃないの」一息ついて、わたしは言った。「嬉《うれ》しくて死ぬ、ってパターンじゃないの」

「どういう意味？」

「ゴルフのホールインワンとか、麻雀《マージャン》の九蓮宝燈《チユウレンポウトウ》とか、出たら死ぬって言うでしょ」

「よくわかんない」

金魚釣りへは行くくせに、ゴルフや麻雀には疎いらしい。一年以上も一緒にいるのに、わたしが仕事に行っている間のカナちゃんの暮らしは、いまだに謎が多かった。とにかく、ものすごく暇を持て余していることは確かだ。

「珍しい魚を釣って、喜びのあまり死んじゃうんじゃないかってこと」

「そういう感じじゃなかったけどな」

だんだんと雑木林が開けてきた。目的地が近いみたいだ。そう思って地面を見ると、そこかしこにペットボトルなどのゴミが捨てられていた。見物人たちの落とし物だろう。不届きな連中がいるものだ。まあ、わたしたちも似たようなものか。

「なんかね、見たこともない魚なんだって。そのおじさんが聞いた話では、ぬらっとしてたり、とげとげしてたり」

「深海魚だ」

「そうかも。でね、おじさんの知り合いが本当に釣り上げたの。そのときは、ただ気味の悪い魚だと思って逃したらしいんだけど」

「死んじゃったんだ、その人」

「そう」

しばらく進むと太陽の光が消えた。山の陰に入ったのだろう。にわかに夕闇が忍び寄り、木々が色を失う。わたしもカナちゃんも話すのをやめた。どこかから、知らない鳥の鳴き声がした。

「死因は？」

わたしは尋ねた。そこがもっとも重要だ。

「おじさんは知らないみたいだったけど、急に死んだって言うから、病気かな」

「おもしろい死に方だったら話題にするはずだよね。自殺とかさ」

カナちゃんは、わたしの顔をちらっと見て、また藪をつつく。

「信じてないでしょ」

「あまり」

仮に本当だったとしても、使えそうではなかった。狙った魚を確実に釣る手段があるならよいが、運に任せるしかないのなら、落ちてきた隕石《いんせき》が頭に当たって死ぬのと同じことだ。そんな悠長なことはしていられない。

でも、とわたしは言った。

「死ぬ原因が釣ったことじゃなく、魚のほうにあるのなら……」

「見たら死ぬ魚、ってこと？」

「かもしれない」おじさんの話が本当だったとして、だ。「それか、単に毒のある魚かもね」

わたしは立ち止まった。数歩進んだ先のところから、急に地面が低くなっている。そばに生えていた木の枝の一本を摑《つか》んで支えにしながら、そっと身を乗り出して覗《のぞ》き込んだ。そこは二メートルほどの高さの、ちょっとした崖《がけ》になっていて、林の中にあるその一帯だけがすり鉢状に落ち窪《くぼ》んでいるのがわかった。

すり鉢の縁にあたる部分に沿って歩いていくと、崖の一部が崩れて、上り下りできる程度に土が盛り上がっているところがある。どうやらここへ来た人たちが同じ場所を通っているうち、こんなふうになったらしく、全体的にしっかりと足跡で踏み固められていた。

「この下？」

カナちゃんに聞かれて、わたしはうなずいた。

「気をつけて」

杖代わりの枝を受け取り、斜面に突き立てながらそっと下りていく。

話に聞いたところでは、この窪地に近寄ると、突然、周囲が暗くなったり、林の中から奇妙な人影が現れたり、消えたりするという。もっとも、ここに来るまで、とくに不可思議な現象は起きていない。

急に暗くなるのは、この場所が山の斜面に対してコの字形に引っ込んだ場所にあり、日光が遮られるせいだろう。人影というのは、ここへやってきた見物人同士で鉢合わせしただけではないか、と思う。お互いに相手を怪しいものと誤解していれば、急いで姿を隠すこともあるだろう。

そんなことを考えながら、窪地の中心までやってくると、すぐにそれらが目についた。

カナちゃんが嬉しそうに声を上げる。なるほど、これは壮観だ。わたしも疲れた足腰を伸ばしながら、それらを眺めた。

「おー、あったあった」

串刺《くしざ》しになった人形の群れ。数十体。

その中には、ぬいぐるみもあれば、市松人形というか、そういう古い人形もある。風雨にさらされて朽ち果てた人形もあれば、さっきそこに置かれたばかりのような真新しいものもある。いずれも胴体のあたりを棒状のもので刺し貫かれ、地面に立ててあった。棒の素材に指定はないらしく、たいていは木材だが、塩化ビニールのパイプとか、バーベキューの串に刺さっているのもある。

カナちゃんは手を後ろに組んで、並んだ人形をひとつひとつ、興味深そうに観察しながら歩いていく。

「これって、何かのおまじない？」

「諸説あるの。このあたりの民間信仰だとか、もとは供養の一種だとか、カルト宗教の儀式の跡だとか、近所に住んでる変わり者のおばあさんが夜中に来て作ってるとか」

わたしが調べられた範囲だと、たとえば、二〇〇〇年頃のとある掲示板サイトに書き込まれていた話はこうだ。

まず、自分自身から取り除きたいものをひとつ考える。欠点とか、嫌な思い出とか。次に、人形かぬいぐるみを用意する。頭と手足があり、一定の強度があればなんでもいいという。その人形に自分と同じ名前をつけて、毎日話しかける。そのとき、消したいと思っているものに言及し、人形をなじる。たとえば、仮にわたしの容姿がコンプレックスだったとしたら、人形に三咲《みさき》と名付け、毎日のように、三咲、ブスだな、おい三咲、このブスと話しかける。

これだけでずいぶん病みそうだ。

最後に、その人形をここへ持ってきて、串刺しにする。そのとき、三咲は死にました、と声をかける。こうすると、自分の悩みや欠点は人形が持っていってしまい、あとは生まれ変わった自分が残る、ということらしい。

ここに並んでいる人形たちは、たぶんそういう話の、ちょっとずつ違うバリエーションで出来ているのだろう。わたしが読んだ話と似た話や、ぜんぜん違う話があちこちに伝わり、本物だと信じた人たちがここに人形を持ち寄って突き刺す。だからこんなにも多くの人形があるのだ。ひとりの人間がたまたま作っただけでは、あっという間に風化して忘れられたに違いない。

だいたい人形を確かめ終わったカナちゃんが、笑顔でこちらを振り向いた。

「それで、これに何かしたら、わたしも死ぬ？」

わたしも微笑して答える。

「うん、死ぬらしいよ」

この場所は、一部で「串刺し人形の森」などと呼ばれている。ここに悩みを抱えて人形を刺しに来る人間もかなりの数がいるようだが、もっと多いのは、単にそれを見に来る人間だ。そして怪異に巻き込まれたと主張するのも、後者の人間が多い。たとえば、こういう感じの話だ。

若者の集団が、肝試しと称して、この場所を訪れる。そして串刺しの人形たちを発見する。若者たちは故意に、または偶然によって、串刺し人形を壊してしまう。ここで、人形たちが一斉に彼らのほうを見た、という展開を入れているものもある。

彼らは怯《おび》えるが、それ以上は何事もなく帰宅する。ところがその夜になって金縛りに遭い、ふと気がつくと、ベッドに横たわった自分自身の体の上に、串を携えた人形が何体も這《は》い上がってきている。

人形はその串で、体験者の手足を順番に刺していく。そのたびに焼けるような痛みを感じる。そして最後に顔を刺される、というところで、恐怖のあまり目をつぶる。だが何も起こらない。やがて金縛りが解け、おそるおそる目を開けてみると、人形が消えている。

翌朝、一緒に森へ行った仲間たちと連絡を取ってみると、全員が同じ体験をしている。しかし、ひとりだけ連絡がつかない。それはあのとき、人形を壊してしまった張本人だった。やがて、その人は遺体で発見される。その顔には巨大な串が突き刺さっていた……。

「金縛りって、要するに夢でしょ？」

「まあね。合理的に考えたら、昼間に見てショックを受けた人形の姿が、夢に出てきたというだけ」

「顔に串が刺さってたのは？」

「松浦《まつうら》さんに調べてもらったの。朝、顔に串が刺さった状態で見つかった変死体はあるか、って。ないみたい」

「じゃあ嘘じゃん」

そう言われると返す言葉もない。たしかに、そんなショッキングな死に方をした人がいたなら、もっと話題になっていてしかるべきだ。

「でもほら、落ちを盛ってるだけで死んだこと自体は本当かもしれないでしょ」

「そうかなあ」

「とにかく、試してみようよ。せっかくここまで来たんだから」

口では不満を言いつつも、カナちゃんはやる気らしい。楽しそうに人形の品定めを始めた。わたしはスマートフォンを取り出してパシャパシャと周囲の写真を撮る。職業柄、こういうものは撮っておくに限る。スカイフィッシュでも写ればもうけものだ。

「これにする」

そう言ってカナちゃんが指差したのは、肌色のプラスチックでできた人形だった。もともとは服を着ていたはずだが、今は全裸になっている。栗色の髪の毛がはさみで不揃いに切られているところを見ると、服もわざと脱がせたのだろうか。胸のあたりに工具で穴を開け、そこに木の枝を通した状態で地面に突き立てられている。かわいらしい人形の面影はなく、塗装のはげかけた目だけがうつろに空を見つめていた。

カナちゃんは、しばらくその人形の前で佇《たたず》んでいた。わたしは、そんな彼女の横顔もパシャリと撮った。

「なんで撮ったの」

「ちゃんと記録しなきゃ」

昔、炭鉱で働く人たちは、坑道にカナリアを連れて入った。カナリアが死んだらそこに有毒ガスが溜《た》まっている証拠だ。この話は、ただの伝説だとも言うけれど、わたしは彼女にそう名付けた。カナリアのカナちゃん。なぜならわたしにも、この子を使って確かめたいことがあるから。

本当に怪談で人が死ぬかどうか。

「よし、やるか」

わたしは、持っていた杖代わりの枝をカナちゃんに手渡した。彼女はそれを両手で握り、足を軽く開いて人形の前に立った。意外と本格的なフォームだ。

「野球やってた?」

彼女の長い焦げ茶色の髪がふわりと広がる。

「やっ、てま、せーん!」

その掛け声とともに、きれいなフルスイングでプラスチックの頭が砕けた。

*

それから一週間以上経ってもカナちゃんは死ななかったので、わたしたちは次の怪談に着手した。

「こないだ言ってたじゃない、釣り上げると死ぬ魚って」

「うん、言った」

カナちゃんは朝食のちぎりパンをもそもそと口に運びつつ答えた。このパンはいつ見ても赤ちゃんの腕みたいでぎょっとする。わたしは食べない。

「あれってどうなった？」わたしは普通のトーストにバターをたっぷり塗る。「あのおじさん、また会えた？」

彼女の話では、そのおじさんはもう定年退職しているらしく、混雑を嫌っていつも月曜日に釣りを楽しんでいたそうだ。カナちゃんはパンの塊をしばし咀嚼《そしゃく》していたが、やがてぼそりと言った。

「死んじゃった」

「え？」

カナちゃんは口の中に詰め込んだパンを冷たい紅茶で流し込む。

「おじさん」

カナちゃんが言うには、今週の月曜日、カナちゃんが釣り堀へ繰り出すと、珍しくそのおじさんは来ていなかった。夕方になっても現れないので、不思議に思ったカナちゃんは、よくおじさんと話していた若い親子連れに話しかけて、おじさんの近況を聞いた。

「どうして死んだの？」

「知らない。その人たちも新聞のお悔やみ欄で見ただけだから、詳しい事情はわからないって」

おじさんの年齢を考えると、病死でもおかしくはない。それにしても、できすぎた展開だ。怪談やホラー映画などではたいてい、こういう事件を掘り下げていくと怖いことになる。チヤンスかもしれぬ。

「ちょっと調べてみる。そのおじさんの連絡先ってわかる？」

「ううん。聞かなかったから」

聞いといてよ、と文句を言いそうになったが、我慢した。彼女にそういう仕事を期待するほうが間違いだ。カナちゃんはカナリア。掘り進めるのはわたしの役目だ。それに、二十歳そこそこの女の子と連絡先を交換するおじさんだって、それはそれでちょっと嫌だ。名前だけはぼんやりと覚えていたようなので、死亡記事を当たっていけば出てくるだろう。

そういう作業にうってつけの男をひとり知っている。

食事を終え、洗い物を片付けたところで、わたしは彼に電話した。

「もしもし？」

「おはよう、昇《のぼる》くん。三咲です」

「ああ、丹野《たんの》さん。どうしたんですか、朝から？」

ふたりの関係が変わってから、彼はかたくなにわたしを名字で呼びたがる。

「串刺し人形はどうでした？」彼は自分が仕入れた怪談の首尾を聞いた。「人形、家に来ました？」

「だったら、もうきみに連絡してないよ」

「ひどいな」

彼は笑った。

西賀《さいが》昇は、初めて会ったときには怪談オタクの大学生だった。その後、わたしの恋人になり、オタクの大学生に戻り、今はオタクの大学院生になった。そちらの専門はトポロジーだかなんだかで、いずれにせよ、わたしの与《あず》り知るところではない。

「ところで、最近は時間ある？」

「何かありましたか」

「調べてもらいたい怪談があるの。釣り上げると死ぬ魚、っていうんだけど」

「初耳ですね。どこで仕入れたんです？」

「阿佐谷の釣り好きなおじさん。でももう本人は死んじゃったらしくて」

昇はちょっと黙って、言った。

「……釣ったんですかね？」

「あるいは」

すごいな、と小さくつぶやいたのを受話器が拾う。

「ホラー映画だったら、そのおじさんの死の真相を調べていった結果、とんでもないことになるやつですよね」

わたしが考えたのと同じことを言う。昇とわたしは思考回路が同じなのだ。だから付き合ってみたけれど、結局はそのせいで別れた。似た者同士はうまくいかない。

「そのおじさんがどこの何者なのかを調べてほしいの」わたしはカナちゃんから聞いた名前を、昇に伝えた。「ついでに、その怪談についてもわかることがあれば」

「わかりました、引き受けましょう。今日、事務所には行かれますよね？」

「うん、ちょっと寄るつもり」

「じゃあ、いつもの店で八時に会いましょうよ」

約束して電話を切った。昇のことだから、二、三日もあれば話の出どころを見つけてくることだろう。彼は怪談の収集に人生のほとんどを費やしている。何が彼をあそこまで駆り立てるのか、わたしは知らない。

着替えと化粧をして出かける支度を整えてから、カナちゃんの部屋の前に立った。

「行ってくるから」

「うん」

と、ドア越しに返事だけ返ってくる。引きこもりの娘を持った母親はこんな気持ちなのだろうか。

「お小遣い、足りないなら置いていくけど」

「まだあるからいい」

カナちゃんは無職なので、彼女の生活費はわたしが出している。わたしの助手として働いているといえばそうなのだけど、客観的に見ればヒモも同然だ。カナちゃんは近所の店で食料や着替えを買ってくることと、ときどき釣り堀だの将棋クラブだの渋い遊びに出かけるほかは、ほとんどお金を使わない。ヒモとしては安上がりな部類に違いない。

「わかった。もし何かあったら、携帯か事務所に電話して」

「うん」

気のない返事にももう慣れた。このくらいのほうがお互いに楽でいい。

だいたい、他人には説明できない間柄だった。去年の夏、家に帰る途中の路上であの子を拾って、一緒に暮らし始めたときは、どこか悪趣味な冗談のつもりだった。普通、悪趣味な冗談は一年も続かない。

わたしたちの関係は利害の一致によるものだ。つまり、わたしは本当に人が死ぬ怪談を探していて、一方のカナちゃんは、呪いか祟《たた》りで死にたがっている。

最初に出会ったとき、カナちゃんは身元不明の自殺志願者だった。アルコールと向精神薬をまとめて胃に流し込んだというカナちゃんは、同業者との飲み会帰りに通りかかったわたしが発見するまで、自販機と電柱とゴミ箱の間にある三角形のスペースで気を失っていた。わたしはその姿をちらりと見て、無視して通り過ぎようとしたところ、起き上がった彼女に足首を掴まれた。ゾンビ映画さながらだった。

さて困った、警察を呼ぼうか、救急車のほうがいいか、と思ってスマートフォンを取り出すと、バッテリーが切れている。仕方なく彼女を連れたまま家に帰った。正直なところ、わたしもかなり酔っていたのだ。

リビングのソファにカナちゃんを寝かせ、そのまま酔った勢いで、わたしは彼女にいろいろと話しかけた。わたしの職業のこと。生活のこと。だいぶ前に年下の彼氏と別れたことや、わたしにはある目的があって、そのために、本当に人が死ぬ怪談を探してるっていうこと。温かいお茶を飲みながら聞いていたカナちゃんは、最後のほうでだいぶ意識を取り戻したのか、わたしに尋ねた。

「信じてるの、呪いとか、祟りとか、それで本当に人が死ぬって？」

それで、わたしはイエスという意味のことを答えた。カナちゃんは、すぐには納得してくれなかった。何度か質問が続き、それも終わると、あとはただ真剣な目でわたしを見つめていた。もっとも、それが彼女の真剣な目だということは、最近になってから知った。

「だったら、わたしで実験してみなよ」

最後に、カナちゃんはそう言った。それがわたしたちの出会いだった。人生は不可思議の連続だ。そんなことを思いながら地下鉄に揺られ、飯田橋《いいだばし》の事務所に着いた。

事務所と言っても、わたしひとりが使うだけの狭い物件だった。もともと打ち合わせに便利だからと借りたのだけど、家でかさばる衣装とか小道具とかを運び込むうち、すっかり物置と化している。今日の仕事はまず片付けと掃除。それからメールで送られてきている怪談情報のチェック。午後は次回のライブについての打ち合わせ。

と、その前に、郵便受けに入っていた雑誌の献本を回収する。最近、短いコラムを書いたものだ。がさがさと取り出して裏表紙からめくり、執筆者一覧に名前があるのを見て満足する。

わたしの肩書は「怪談師・丹野三咲」ということになっている。師、と名乗るほどの技を磨いた覚えはないのだが、他に適当な呼び名がないのだろう。

高校を卒業し、地元の短大に進んだ頃から、わたしの怪談集めは周囲に知られていた。わたしにとって必要なのは人が死ぬ怪談だけだったけれど、予選があるわけではないので、必然的に死なない怪談も集まってくる。知人の知人を紹介してもらい、二桁《けた》で足りない人数から情報が寄せられるようになって、ちょっとこれはまずいぞ、と気づき出した。合理化のため、怪談データベースを作成し、内容別に分類、日付順にリストアップ。「人が死ぬ」は丸、「たぶん死んでる」は三角、「生きてる」はバツの三段階評価。

その頃には都内の怪談イベントや、ホラー関係者が集まる飲み会などにも出没するようになり、そこで何人か、怪談師と呼ばれる人たちの目に留まった。彼ら彼女らからすると、怪談集めに情熱を燃やす女子大生は、なかなか逸材に見えたのかもしれない。やがてわたしもステージに立つようになった。名刺があったほうが取材には便利だ。祟りがあると噂される危険なスポットの情報も、伏せ字やモザイクなしで手に入る。

昔のことを思いながら手を動かしていると、あらかた掃除も終わった。わたしは日課の情報収集に取り掛かる。美人女子大生怪談師の鮮烈デビューから早七年。かつては過激な親衛隊がいたるところに現れてひんしゅくを買っていたものだが、そういった連中は若い子に鞍《くら》替《が》えしたのかすっかり鳴りを潜め、なおも残るコアなファンたちだけが全国のマニアックな情報をメールで送ってくれている。今日は三件だ。

一つ目、ひとりで夜中に組み立てた紙の箱から鬼が出てきて殺される話。

二つ目、二枚の鏡を経由して人形の顔を覗くと死ぬ話。

三つ目、ミネソタ州の森の中に住んでいる人食い魔女の話。

ミネソタは遠いので論外として、箱と人形は見込みがあるかもしれない。そう思って中身を確かめたら、すでに知っている話だった。ラストでだれか死ぬ怪談、とジャンルを絞り込んでいるから、よくこういうことが起きる。

ただ、念のためデータベースを確認すると、前に集めたものとは違う土地の話のようだ。これもありがちな現象だ。自分の体験談を脚色するために、有名な話のディテールを流用したり、あるいは逆に、仕入れてきた話を披露するにあたって、身近な場所に引き寄せて語ったり。たとえば、幽霊が子供を育てるために夜な夜な飴《あめ》を買いに来た、という古典怪談があるが、その買いに来た店というのが当店です、とする飴屋は全国にいくつかある。

とはいえ一応、新しいほうの話も、データベースに加えておいた。実際、怪談と呼ばれるものの九割九分は嘘か錯覚なのだろうけど、嘘をつくときはちょっとくらい事実も混ぜておくものだし、まして百通りの嘘の中に必ず変わらない要素があったら、それは何かしらの真実を反映していると思いたい。

その日、予定していた仕事は滞りなく終わり、次の怪談集の原稿の準備などに取り掛かっているうち、気づけば夜の七時を過ぎていた。昇と店で会う約束をしていたことを思い出す。場所は事務所から歩いていける小さな居酒屋で、とくにこれといった名物もないのだが、店主が極度の宇宙人好きだった。リトルグレイの話をしつつイカ刺しを出されても喜ぶ客は多くない。つぶれる寸前のところをわたしが見つけ、足繁く通っている。

中に入ると、昇はもうカウンターに陣取って、店主とのオカルト談義に花を咲かせているところだった。

「あ、丹野さん。ちょうど今、怪談業界について話をしてたんですよ」

「テレビに出るような怪談師ってレプティリアンが多いでしょう。あたしはね、顔を見たらわかるんですわ」

興味深い話題だったが、ノーコメントで済ませた。この店主はテレビに映る著名人のことを例外なく宇宙人のスパイとして疑っているのだが、壁の隅にうすぼけたサイン色紙が飾られているのを見る限り、田中要次《たなかようじ》のことだけは信頼しているらしかった。

「ぶり大根は頼んでおきましたから」

「ありがとう」

彼はわたしの好物を覚えていた。

「ぼくは唐揚げにしよう」

「冷奴《ひややっこ》とかにしといたら？」

わたしは彼のふっくらしたお腹を見て言った。付き合っていた頃より一回り大きくなった気がする。しかし彼は取り合わなかった。博士課程に進んだらどうせ痩《や》せるので帳尻《ちょうじり》が合う、というのがその理由だった。

ビールで乾杯し、軽く近況などを話し合ったところで、彼が本題に入った。

「おじさんの死亡記事、見つけましたよ」

「本当？」頼んだのは今朝なのに、もう見つけてきているとは思わなかった。「早すぎない？」

「人を捜すのは得意なんです。コツがあるんですよ。ただ名前で検索するだけじゃなくて、SNSから知人の線をたどったり、『誕生日おめでとう』みたいなメッセージを見つけて、生年月日にあたりをつけたり」

詳しい手法を説明されても理解しがたい。いずれにせよ敵には回したくないタイプだ。

「まあ、このおじさんはそこまでしなくても済みましたけどね。交通事故だったので」

その言葉を聞いて、わたしの表情がこわばったのを察したのか、昇は手に持っていたコピー用紙を引っ込めた。たぶん新聞記事の切り抜きか何かだろう。

「すみません、概要だけお話ししますね」

「いいの、気を遣わないで続けて」

「単独事故です。サイドブレーキを掛け忘れた車が坂道で動き出して、それと塀との間に挟まれて亡くなったとか」

痛ましいことに違いはないが、それだけならよくある事故だ。

「フェイスブックのアカウントも見つけました。例の、金魚の釣り堀で撮った写真もあるので、ご本人だと思います。釣りが趣味だったようで」

「でしょうね」

「海釣りをしている写真もありましたよ。場所は静岡県の釜津《かまつ》市だそうです。なじみの船宿があったみたいですね」

わたしには彼の言わんとするところがすぐにわかった。

「そこに釣り上げると死ぬ魚がいたってこと？」

「少なくとも、話を仕入れたのはそのあたりの可能性が高いんじゃないでしょうか」

スマートフォンで検索してみる。釜津、釣り上げると死ぬ魚。これだと出てこない。わたしはキーワードを少しひねった。釜津、怖い魚。

「あ、一個だけあった」

「見せてください」

検索にヒットしたのは個人のブログだった。どうやら釜津在住の筆者が地元の名所や言い伝えなどを紹介しているらしく、その中に「大安国寺《だいあんこくじ》の恐魚伝説」という題名の記事があった。

昔、釜津の大安国寺という寺に、康義《こうぎ》和尚という、それは徳の高い住職がいらっしゃいました。

ある雨の日、村の男たちが大騒ぎしながら寺の境内にやってきました。聞けば、三尺ほどもある魚が海に現れて、漁師の腕に嚙《か》みついたということでした。寺の者が手当てしようとすると、嚙まれたところはおどろおどろしい色に変わり、ひどい悪臭がしていたといいます。

結局、この漁師は片腕をなくしてしまいました。

これは魔性の魚に違いない。急いで退治しなくては。漁師たちは口々にそう言いました。

和尚は村の男たちを引き連れ、浜に向かいました。そこで和尚が念仏を唱えると、風雨はますます強くなってきます。水平線から黒雲が湧き上がったかと思えば、激しい稲光があり、幾人かは恐れをなして逃げていってしまいました。

するとそのとき、件《くだん》の怪魚が海から現れたのです。怪魚は水面から大きく跳ね上がるなり、和尚に飛びつき、食いかかろうとしました。和尚を囲んでいた漁師のひとりがすかさず銛《もり》を打ち込み、怪魚の動きを止めましたが、なおも魚は和尚の鼻先わずかのところまで近寄ると、鋭い歯の並んだ口をぱっくり開きました。

魚は、そこで和尚に向かって何事かささやきました。漁師たちが銛を引き抜くと、怪魚はもんどり打って飛び、また海へ消えていったということです。

次の朝、海はおだやかで、昨日の出来事がまるで嘘のようでした。けれども村は大騒ぎでした。浜に打ち上がった怪魚の死体が見つかったからです。

言い伝えられているところによると、その魚には鱗《うろこ》がなく、顔のあたりにとげがあり、目は人のそれに似ていたとのことでした。

和尚は魚の口から聞こえた言葉の内容を決して余人に語ろうとしませんでした。ただ、和尚の臨終に立ち会った弟子のひとりによれば、その魚は和尚の前世の名前を知っていた、とのみ、師の口から聞いたそうです。

ちなみに、この魚の死骸《しがい》は骨だけになって、今もこのお寺にある、ということでした。

「なるほど、ちょっと似てますね」

スマートフォンをわたしに返しながら、昇はそんな感想を口にした。

「おじさんの話の元ネタはこれかな。釣り上げると死ぬ、というところは釣り人ならではの脚色で」

「しかし、この話だと、魚はもう退治されてるんでしょう?」

「魚なんだから、同じ種類のやつがいっぱいいてもおかしくないよ」

「それに、だれも死んでないですよね。和尚は寿命っぽい書き方ですし」

「和尚は釣ってないからね」

「そうでしょうか。浜で念仏を唱えて魔物をおびき寄せる、というのは、広く見れば釣りに含まれるのでは……」

しばらく議論が続いたけれど、結局のところ、この話一本だけでは何もわからない、という結論に達した。

「もし、この話を元ネタにして『釣り上げると死ぬ魚』の話を作ったのが例のおじさんではないとすれば、同じ話を知ってる人がほかにもいるはずだよね」

「その可能性は高いでしょうね」

「行くか、静岡」

さっそくスケジュールを確認し、新幹線のチケットをオンラインで購入する。昇とふたりで遠出するのは久しぶりだった。別れる少し前、四国八十八箇所霊場の中のとあるスポットで確実に人を殺せる呪いが伝わっていると聞き、旅行がてら現地まで出かけて以来だ。

そういえば、その旅行の帰り道に大喧嘩《げんか》をした。わたしはそもそも他人と喧嘩なんかしないタイプだから、これは異常なことだった。でも原因を思い出せない。喧嘩の原因は得てしてそんなものだが、気にはなる。

わたしが急に黙り込んだことに気づいて、昇が首をかしげる。

「どうかしました？」

あのとき喧嘩したけど原因はなんだっけ、という意味のことを尋ねると、彼は露骨に嫌そうな顔をした。

「そんな話、今することですか？」

「だって」

「価値観の相違ですよ」

と、昇は意味深なことを言うだけで、答えは教えてくれなかった。

＊

釣り船に乗ったまではよかったが、その日は素人にもそれとわかるくらい、ひどく波が高かった。昇はさっきから船べりにしがみついて、さかんに海を汚している。

「アジフライ定食はまだわかるよ。でも、そこに単品のミックスフライ追加はね……」

そんなわたしの軽口に付き合う余裕すらないらしい。わたしはといえば、ある時期から特定の乗り物酔いにだけは強い。いくら船を揺らされようがピクリとも感じないのだ。そういうものを感じる部位が麻痺《まひ》しているに違いない。

昇のことはかまわず、船長に話の続きをうながした。

「釣り上げると死ぬっていう魚ですか?」船長は腕を組んだまま答えた。「たしかに、最近お客さんがよく話してましたね」

「なんの魚かご存じですか?」

「なんのって、ありゃあ、だいたい、都市伝説みたいなものでしょうが」

「都市伝説ですか」

「まあ、海の上の場合はなんて呼ぶのかなあ」

船長によると、釣り上げたら死ぬ魚について初めて耳にしたのはごく最近、ここ半年以内のことらしい。なんでも常連の釣り客が冗談めかして話しているうちに、だんだんと広まっていったようだ。

「そういう話は、本気にして怖がっちゃうお客もいるからね。営業妨害なんて大げさなもんじゃないけど、いい気持ちはしなかったな」

「このあたりに昔から伝わっている話、というわけでもないんでしょうか」

「海で変なものを見たなんて人はいつの時代にもいるけどね。変な魚ってのはないね。このあたりは定置網もあるし、本当にいるならだれかが捕まえとるでしょう」

もっともな話だが、実在するのに捕まらなかった海の生き物は多い。かつてのダイオウイカがそうだったように、謎の魚も人々の目からうまく隠れているだけかもしれない。

船は釜津湾のちょうど真ん中あたりに差し掛かった。わたしは風とエンジンの音に負けないよう、大声で尋ねる。

「釜津に大安国寺っていうお寺がありますか?」

「あるよ。ここらの人は初詣《はつもうで》に行くよ」

船長は釜津港から少し離れたところにある、海に突き出てこんもりとした緑の山を指差した。あの山のあたりにある、ということらしい。

それから船長の手ほどきで一時間くらい釣り糸を垂れてみたが、釣り上げると死ぬ魚も、そうでない魚もまったく釣れなかった。

陸にたどり着くとようやく昇は元気を取り戻した。胃の中が空っぽになってしまったらしく、しきりにお腹をさすっている姿が気の毒ではある。けれども、さすがに食欲はないようで、わたしが土産物屋の前でさつま揚げを食べている間も彼は水ばかり飲んでいた。

「やれやれ、ひどい目に遭いましたよ」

「ご愁傷さま。次から、船に乗らなきゃいけない取材はひとりで行くことにする」

「丹野さんが船酔いに強いって本当だったんですね。酒も強いらしいじゃないですか。泡盛のボトルをひとりで空けたとか」

それは誇張だ。もっとも飲んだときでさえ半分くらいしか飲んでなかった……と思う。

「だれから聞いたの?」

「こないだ、怪談ライブへ行ったら、間にそういう裏話みたいな雑談をしてて。丹野さんの話をする人、割と多いですよ」

「そうなんだ」わたしはさつま揚げの残りを口の中に放り込んだ。「ごめん。わたし、業界のゴシップとか好きじゃなくて、あまり追ってないの」

港から大安国寺まではタクシーで五分ほどだという。その間、わたしはずっと目を閉じて、耳を塞《ふさ》いでいた。着いてみると、地元の人がみんな来るというだけあって、立派な山門がそびえていたが、ペンキ塗りたてのような赤い柱は古刹《こさつ》という雰囲気ではなかった。金色の額に大きく寺の名前が書いてある。かなりのお布施を集めているようだ。

本堂に手を合わせ、御朱印をもらいがてら、お坊さんに話を聞いてみることにした。この寺に珍しい魚の骨があるというのは本当か、と尋ねると、ええ、ございます、となんでもないような感じで言われた。

「どのようないわれの骨なのですか？」

「江戸《えど》時代の中頃、当時の住職が知人の漁師から譲り受けたものだと伝わっています。蓬萊《ほうらい》から来た魚ということで、蓬萊魚と呼んだようです」

聞いていた話と少し違った。

「こちらの和尚さんが退治したのではないんですね」

「そういう話もあります。あくまで伝説ですが」

あいにく、それらは寺宝として納められており、一般には公開していないということだった。念のため、釣り上げると死ぬという魚についても尋ねてみたが、そういう噂話は聞いたことがないと言われた。

御朱印帳を受け取って戻ってくると、昇はカメラを持った初老の男性に礼を言って別れるところだった。わたしに気づくと、彼はにこにこして言った。

「例の魚の骨は、本当にこの寺にあるらしいですよ」

「うん、こっちも聞いてきた。でも公開してないんだってさ」

「今の人の話だと、二十年くらい前にテレビ取材が入って、骨の正体を調べていったそうです」

「本当？」まさか怪魚の骨ではあるまい。「なんの骨だったの？」

「小型の鯨類の骨、ということだったそうです」

わざわざ現地まで赴いたのは空振りだったのだろうか。そんなことを考えながら、わたしと昇は寺をあとにした。山門の前にあった観光案内板で、駅までの道のりを確かめる。歩いていくのは難しそうだった。仕方なく、来る途中で見たバス停へと向かう。タクシーよりはましだろう。

「釣り船のご主人によると、釣り上げると死ぬ魚の話が聞かれだしたのはごく最近らしいですね」

「うん。ということは、最近になってだれかが創作した話なのかも」

「さっきの蓬莱魚の骨は江戸時代からあるようですが」

「海辺の町なんて、どこでもそんな話のひとつやふたつあるんじゃない？」

たぶん、最初はわたしの想像したとおり、珍しい大物を釣った人が喜びのあまり心臓発作を起こす、というような話だったんじゃないか。釣り人たちのジョークが、漁師町にありがちな怪魚伝説と結びつき、いかにもそれらしい怪談になった。それがわたしの結論だ。

「ちょっと拍子抜けですね」

昇の口ぶりはあまり残念そうでもない。彼だって怪談を集める側の人間なのだから、わかっているはずだ。怪談は、取るに足らない話のほうが多い。身も凍る恐怖を引き起こし、社会現象になるような怪談なんてごくごく一部だ。人間は毎日のようにありもしないものを見る。人の脳はまるで精密機械ってわけじゃないから、壁の模様が顔に見えたり、だれもいないのにだれかいたような気がしたりする。

何か偶然のめぐり合わせでもない限り、そんな話は胸のうちにしまい込んで終わりだ。でも時として、その奇妙なめぐり合わせを引き当てた話だけが伝えられ、世の中に残る。

探していたバス停はコンビニの前にあった。地元では有名なチェーン店なのかもしれないが、聞いたことがない。かつては個人経営の酒屋だったようで、当時の看板の文字が外壁にうっすら残っていた。店の前には野菜やきのこなどが手書きの値札付きで並べられている。

わたしたちがバスを待っていると、その店の中から中年の男性が連れ立って出てきた。見ただけでも釣りの帰りとわかるような風体で、今日の釣果かなにかを楽しそうに語り合っているようだ。

駐車場へ向かう彼らの会話の断片が耳に入った。

「……それがさ、釣り上げると死ぬっていうんだけど……」

はっとして顔を上げた。隣では昇も同じ仕草をしている。わたしたちは顔を見合わせた。このチャンスを逃す手はない。急いでその釣り人を追いかけた。

いきなり駆け寄ってきたわたしたちを、初めは不審そうな目で見つめていた彼らだったが、わたしが名刺を取り出して手渡すと、興味深そうにそれを眺めた。

「怪談師？」

「そうなんです」

「テレビとか出るの？」

「ええ、たまに」

地上波に出演したのは二度だけなので、たまにというのは嘘だった。とはいえ、彼らの態度を柔らかくさせるためには仕方がない。実際、効果はあったようだ。相手は、へえ、という感嘆めいた声を漏らす。間髪いれず、先ほど聞こえてきた話のことを質問した。

「すみません、お話が聞こえてしまったのですが、釣り上げると死ぬ魚の怪談をご存じなんですか?」

「怪談といえば怪談なのかなあ。なんていうか、そういうジンクスみたいなものっていうか」

「でもさっきの話だと、ぬらぬら光ってて、人の言葉を話すっていうんだろ?」横で聞いていた別の男性が割って入った。「そりゃ普通の魚じゃないよ。化け物だ」

「そうですね。わたしたちも似たような内容で聞いています」

「ああ、なんだ。話はもう知ってるんですか」

「いえ、今日は一日、釜津のあちこちで話を聞いているんですが、あまり知っている方がいらっしゃらなくて……海のほうへも行ってみたんですけど」

「釜津の海で?」

話をしていた男性はちょっと苦笑いのような表情になった。けれど、わたしは何を笑われたのかよくわからなかった。

「それはそうですよ。その魚は、川にいる魚なんですから」

「川?」

昇が力の抜けた声で言った。

「場所も釜津じゃないですね。隣の八板《やいた》町です。狗竜《くりゅう》川の河口あたりで釣れることがあるって聞きました」

＊

八板町は南北に細長い小さな町で、隣の釜津市ほど名所や観光地があるわけではない。その町のちょうど中央を流れる狗竜川は、県をまたいだ長野県から下ってくる一級河川で、かつては東海道《とうかいどう》の難所のひとつとして知られた。

「いやいや、本当に、あの人には感謝ですね。探す場所を変えたとたん、ドドドッと見つかりました」

昇は電話口で興奮気味に話した。釜津の調査旅行から帰ってすぐ、わたしたちは八板町に伝わる怪談や都市伝説を調べ始めた。結果、釣り上げると死ぬ魚という噂話が狗竜川の釣り人の間で広まりつつあることは、すぐに判明した。それらはいくつかのバージョンに分かれているものの、だいたい次のような話だ。

釣り人が、狗竜川の河口付近で釣りをする。時間は早朝のこともあれば、日没後の場合もある。少人数で釣りに出かけ、しばらく経ち、ちょうど、あたりが無人となっているようなときに釣ってしまうらしい。

その魚の引き味はメバルに似ているそうだが、釣りをしないわたしには、あまりイメージできなかった。弱くはないようだ。

さらに姿かたちの描写となると、かなりバリエーションがあって、どれがオリジナルに近いのかまったく判断できない。もっともよく語られるのは全体の印象で、ぬらぬら、ぬめぬめ、という言葉が頻出することから、粘膜のようなものをまとっているらしい。頭やエラの周囲にとげがあり、また尾びれはないとされることが多い。それ以外だと、赤い目がぎょろりと動いたとか、いや眼球は退化して痕跡《こんせき》だけになっていたとか、持った感じが生々しくて人間の腕みたいだったとか、いやむしろプラスチックに近かったとか、大きいとか小さいとか、重いとか軽いとか言われている。

そんな中、唯一と言っていいほど共通した特徴は、その魚が言葉を発するという点だ。そして、不吉な魚を釣ったためというよりは、その言葉を聞いたことによって死んでしまうらしい。ただ、言葉の内容がわからない。

「ブログで読んだお坊さんの話もそうでしたね。具体的な中身は語られないが、断片的な情報だけがわかっている、という」

その話ではたしか「魚が前世の名前を知っていた」ということだけ書かれていた。前世の名前を知られるとどうなるのか、とか、そもそもそれが自分の前世の名前だとどうやってわかるのか、とか、いろいろ謎ではあるものの、そこも含めて不気味な感じがする。

釣り上げると死ぬ魚について言えば、前世のことを語るという要素はない。とにかく何か不吉なことをしゃべるらしいとか、逆に、その魚が今にも口を利きそうで怖い、という直感に従ってすぐ逃したから死ななかったとか、そのような話で終わっている。

「何を話すんだろうね、この魚は」

「ベタなところで考えると、おまえは何月何日に死ぬ、とか、そういう予言を聞かされるんじゃないでしょうか」

「なるほど、それで同じ日に死んでしまう、と」

もっともらしい感じではあるが、だとすればこんなにあやふやな状態で広まっているのが解せない。「釣り上げた人に死の予言をささやき、実際そのとおりになる魚」という怪談になりそうな気がする。

「あるいは、とても言い表せないほど恐ろしいことを言われ、体験者は命を落としてしまう」

「『牛の首』みたいに？」

牛の首とは、小松左京《こまつさきょう》の小説の題材にもなった有名な怪談で、その話を聞いたものは恐怖のあまり死んでしまうからだれも内容を知らない、という。言ってみればナンセンスジョークの一種なのだが、怪談の存在自体が怪談になったおもしろい話だ。

「内容なのか、声なのか、とにかく恐ろしさのあまり、聞いた人は死ぬ……でも、即死するわけじゃないんだよね、金魚釣りのおじさんの例からすると」

「あの人が本当に釣ったのかどうかわかりませんよ。怪談の存在を知っていただけで、事故は偶然なのかも」

「怪談で『偶然の死』が出たらもう伏線だから」

わたしがメタな屁理屈《へりくつ》めいたことを言い出したので、昇は呆《あき》れたようだった。

「ずいぶんこの怪談に入れ込んでますね。幽霊を信じてない丹野さんらしくもない」

「霊感とか死後の世界とか、そういうものが嫌いなだけ。怪談を否定してるわけじゃないよ」

「同じに聞こえますけど」

「それは違うよ。人間の想像が及ばないことなんて世の中にはたくさんあるじゃない。きみも学校では、四次元の壺《つぼ》をねじったら筒になるとかいう話をしてるんでしょ？」

「まあそれはそうですが」

「でも、死んだおばあちゃんが幽霊になって帰ってくるとか、それで孫と遊んで消えるとか、そんな話はさすがに信じられないってだけ。そんなの人間にとって都合よすぎる」

もし人間が死んだあと消えるのではなく、どこか別の場所に行くのだとしたら、そこは人間の理屈なんて少しも通用しない世界に違いない。進むことも戻ることもできず、というより、前とか後ろとか、過去とか未来とかもなくなる世界なのだろう。そうでなければ納得できない。わたしには。

「だから、死んだ家族が幽霊になって会いに来るなんてこと、この世には絶対にない」

「……そうですね」

釣り上げると死ぬ怪談について、その後もいくつか仮説を話し合ってみたが、結局、現時点の情報だけではなんとも話を進めようがない、ということだけは確認できた。わたしの目的は、この話が事実かどうか確認すること、そして「人が死ぬ」という要素だけをどうにか抽出することだ。釣り上げて言葉を聞くと死ぬ魚がいるとすれば、単に言葉を聞いただけで人が死んでもおかしくはない。ということは、その魚を捕獲して水槽か何かに入れることができれば、わたしの目的はほぼ達せられる。

「やっぱり、釣るしかないか」

「丹野さん、釣りなんてできないでしょう。釜津でも釣果ゼロだったのに」

「わたしはね。でも釣り堀に通うのが趣味の人をひとり知ってるから」

「そうなんですか？」

電話を切ってから、わたしは背後のダイニングテーブルで工作に励んでいるその人に声をかけた。

「カナちゃん、頼みがあるんだけど」

彼女ははさみを持つ手を止めてこちらを振り返った。左手に持っているのは、さっきコンビニで印刷してきた、丑三《うしみ》つ時にひとりで組み立てれば鬼が出てくるという箱の型紙だ。本当ならデアゴスティーニのどの雑誌よりすごい。

「聞いてた。でもわたし、金魚しか釣ったことないよ」

「それで十分。わたし、金魚はすくったことすらないもの」

「おばけの魚なんでしょ。餌とかどうするの」

「普通に釣りをしてて引っかかったらしいから、ミミズでもなんでもいいんじゃない？」

「……いいよ、やるだけやってみるから」

そう答えて、カナちゃんは作業に戻る。わたしは彼女が座る椅子の横に立って、しばらく見守った。この型紙は、先日もらったファンからのメールに添付されていたものだ。高知のいざなぎ流に伝わる式神の術を応用したとかいう触れ込みだったが、型紙には丁寧にのりしろまでついていて、いまいち雰囲気が出ない。

釣りをするだけあって、カナちゃんは手先も器用らしく、切ったところはきれいな直線になっている。

「学校の図工とか、得意だったでしょ」

「普通だよ」

「休み時間に、ひとりで黙々と絵とか描いてるタイプだよね」

わたしがそう言うと、カナちゃんは少しむっとしたようだ。

「そんなふうに見える？」

「違うの？」

「違わないけど」

学校の話をすると、決まってカナちゃんは嫌がる。あまりいい思い出がないのかもしれない。だったらわたしと同じだ。カナちゃんと暮らし始めてもう一年以上になるけれど、彼女は自分のことをほとんど話したがらない。わたしも話していないから、お互いさまだ。でも本名さえ知らないのは、ときどき、寂しく感じることもある。

わたしがそう言うと彼女は決まって答える。いつかわたしが呪いで死ぬとき、愛着があったら辛《つら》いでしょ。

そうなのかもしれない。本当にそんな日が来るとして、だけど。

翌朝、わたしが起きてリビングへ行くと、完成した紙の箱がテーブルの上にちょこんと置いてあった。すぐ横のソファではカナちゃんがすやすやと寝息を立てていて、鬼が出たようには見えなかった。わたしは彼女の膝《ひざ》にそっと毛布をかけてやった。それから、箱を捨てようと思って手に取ったけれど、やっぱり捨てずにテレビの横に飾った。

＊

カナちゃんと一緒に釣りのことを調べてみて、厄介な問題に気づいた。川に遡上してきたサケを採る行為は、法律で禁止されている。ということは、釣り上げると死ぬ魚の正体がサケだった場合はアウトだ。リリースするしかない。

わたしがそんなくだらないことを考えているうちにも、カナちゃんは着々と準備を進めていった。釣り堀で知り合ったマニアに、河口でメバルのような何かを釣りたいと相談したところ、お古のルアーだのロッドだの山のようにくれたらしく、それを並べた我が家のリビングはまるで釣具屋の店内のようになってしまっていた。

そうこうしているうちに、知り合いから怪談ライブのオファーが来た。ギャラはそれほどでもなく、スケジュールも厳しめだったが、すぐに了承の返事をした。最近は物入りなこともあるし、何よりこの商売は今の季節が唯一の稼ぎ時だ。

衣装をクリーニングに出したり、話が持ち時間におさまるよう、軽く原稿に起こして復習したり、ばたばた準備をしていると、すぐ当日になった。開演は夕方の六時。着替えて出かけようとしたとき、珍しくカナちゃんに呼び止められた。

「どこか行くの？」

「うん、お仕事」

カナちゃんはこちらに背を向けたまま、分解した振り出し竿《ざお》をいかにもそれっぽい布で磨いている。昭和のお父さんかよ、と思った。

「怪談のイベントだよ。そろそろ夏も終わりだし、だれかさんのために稼がないと」

わたしがそう言うと、カナちゃんはこちらを向いてちょっと笑った。

「なんの話やるの。新作？」

「えっとね、違う」

「右手の骨だけ二本分入ってたお墓の話、それか、紫の車掌の話？」

「どっちも違うよ。こっくりさんの話」

それを聞いたカナちゃんは、なんだ、とつまらなそうに言って、また釣り竿磨きに戻ってしまった。お気に入りの話じゃないとわかって、興味をなくしたようだ。

「カナちゃんにしたことあったっけ、この話」

「ないよ」竿がしなり、ひゅんっ、と音がした。「でも、おもしろくなさそう」

「そりゃタイトルは地味だけど」

わたし自身、そこまで気に入っている話というわけでもない。けれど、ここ数年、いろいろな場面で話しているうち、定番ネタのような扱いをされている。今回も先方からのリクエストだった。わたしが集めている話はもっぱら呪いとか祟りとか、ひどいものでは聞いた者に障りがあるとかいう話になるので、マニア以外には受けが悪い。そんな中でこの話は比較的そういった雰囲気が強くなく、聞きやすいということのようだ。

とはいえ、この話でも人は死ぬ。いや、死んだ人数でいえば、知っている話の中で一番多いかも知れない。ただ、わたしの欲しがっている話とは少し毛色が違うし、わたしの目的のためには使いづらい。だからあちこちで怪談として披露しているのだが。

熱心に釣り道具の手入れをするカナちゃんをひとり家に残して、わたしは会場へと向かった。場所は、代々木《よよぎ》の小さなイベントホールだ。着いてみると、楽屋に集まっていた顔ぶれは、あまり華々しくなかった。その割に、いざ開演時刻となると、客席は思ったより埋まっていた。見れば、わたしの熱心な追っかけが何人も交じっている。どうやらわたしは客寄せとして呼ばれたらしい。

イベントが始まり、しばらくして、わたしの出番が来た。今回のライブは、語り手がひとりずつ怪談を披露しては、トークの席に加わり、そこで次の語り手の話を聞く、というスタイルになっている。なんだか七人《しちにん》ミサキみたいだ。

わたしは軽く深呼吸して調子を整え、それから話し始めた。

＊

これは、わたしの友人が、妹から聞いたという話です。

彼女の通っていた高校では、一時期、こっくりさんのような遊びが流行《はや》っていて、数人の女子生徒が、よく放課後に遊んでいたそうです。今、わたしは「のような」と言いましたけど、それはみなさんが知っているような、十円玉を紙に置いて……という、よくあるこっくりさんとは作法が違うんですね。

その遊びでは参加者が円を作って立ち、ひとりだけは円の中心に座ります。このひとりが、いわば霊媒役で、遊びの最中は目隠しをしなければいけない決まりでした。

次に、他のメンバーが、その霊媒役の子の頭に手を置いて、こっくりさんを呼び出すためのおまじないを唱えます。こっくりさん、こっくりさん、来てください、という、あれですね。そして質問。恋の相談とか、今度のテストに出る問題とか。ここは普通のこっくりさんと同じです。それから円をばらして、教室のあちこちに散ります。

最後に、中心に座っていたひとりが立ち上がり、直感に従って何かをする。

これはなんでもいいんだそうです。どこかを指差すとか、何か叫ぶとか。とにかく、その動作が、こっくりさんからのメッセージになるというわけです。

当時はかなり流行したようで、ほとんどの女子生徒が一度くらいは参加させられていた、と聞きました。なかでも、とくに熱心にやっていたのが、あるひとりの女子生徒でした。仮にK子と呼びます。

彼女は、クラスの中心的な人物で、明るく社交的な性格でした。ただ、その一方で、占いとか心霊現象みたいなことに、すごく興味を持っていました。こっくりさんの遊びにも、異常なくらい執着していたそうです。嫌がる生徒に無理やりやらせたり、それで結果が気に入らなければ、除霊と称して虫や雑草を食べさせたり。まあ実態としては、こっくりさんを口実にいじめをしていた、ということなのでしょう。

ある日、彼女は仲間を集めて、同じクラスのとある女の子を空き教室に連れ込むと、こっくりさんの霊媒役をやらせました。その子は、K子が以前からいじめの標的にしていた相手で、こっくりさんの祟りを真剣に怖がっていたので、K子たちからすれば、格好のおもちゃだったみたいです。その日も彼女は嫌がっていましたけど、K子たちに無理やり座らされて、目隠しをつけられて……それからはおとなしくなったそうです。遊びの最中に目隠しを外すと呪われる、とみんなが言っていたので、そのことに怯えていたのでしょうね。

あとはいつもどおり。K子たちが彼女の頭に手を置いて、呪文《じゆもん》を唱える。それから質問をする。そのときはこんな質問でした。

「わたしたちの中で、最初に死ぬのはだれですか？」

ところが、質問を終えたK子たちがルール通り教室の四方に散らばっても、円の中心にいたその子は、なかなか立ち上がろうとしません。最初は笑って見ていたK子も、だんだんいらだってきました。そこでK子は、座っている子の背後にそっと忍び寄って、いきなり目隠しを奪い取ったんです。

それを見ていた周りの子たちが口々に、呪われちゃった、死んじゃうよ、などとはやし立てます。やられたその子は、しばらく呆然《ぼうぜん》と座っていました。でも、自分が何をされたか理解したのでしょう。わあああっ、とものすごく大きな叫び声を上げました。それから、後ろに立っていたK子を突き飛ばして、教室から出ていきました。K子たちは捕まえようと追いかけたんですけど、すぐに見失ってしまったそうです。仕方がないので、彼女のことは放っておいて、それぞれ家に帰りました。

で、翌朝、その子は学校のすぐ近くにある用水路から、遺体となって見つかりました。

どうやら、用水路に頭から落ちて、それで首の骨を折ってしまったようなんです。その子がK子たちに嫌がらせを受けていたことは、学年のほとんどが知っていましたから、K子たちに突き落とされたんじゃないかとか、自殺じゃないかとか、いろんな噂が立ちました。でも結局、警察の捜査で、彼女は誤って用水路に落ちた、事故死ということになったそうです。

それでも、学校内に一度広まった噂は、なかなか消えませんでした。彼女が亡くなる前に、こっくりさんをやらされていた、という話もすぐに伝わっていきました。遊びの最中に目隠しを取られたということも。じゃあ、これはこっくりさんの呪いじゃないか。みんな、口には出さないけれど、そう思っていました。

ところが、そんな騒ぎの中だというのに、K子だけはなぜか楽しそうな様子で学校へ来ていました。さすがにこっくりさんはもうやっていませんでしたが、授業中に廊下をふらふら歩いていたり、先生がそれを注意すると、いきなり笑いだしたり、はたから見てもおかしな状態だったといいます。

それで何週間か経った、ある日の放課後のことでした。

とある生徒が帰ろうとすると、K子の声がどこかの空き教室から聞こえてきました。しかも、それはあの、こっくりさん、こっくりさん、という、例のおまじないの一節だったんです。

いったい、だれがK子に付き合って、こっくりさんなんかをやっているのだろう、とその生徒は思いました。あんなことがあって、こっくりさんの話はほとんどタブーになっていましたし、それでなくとも、様子のおかしいK子とかかわり合いになろうとする人はほとんどいなかったからです。

その生徒は声のする空き教室に近づいて、ドアにある窓から、こっそり中を覗いてみました。すると、中にある椅子や机は、部屋の隅に片付けられていて、そうしてできた教室の中央のスペースに、目隠しをしたK子がしゃがみこんでいました。

ところが、本来ならいるはずの、他の参加者というのがそこにはいなかったんです。K子は、だれもいない教室で、たったひとり目隠しをして、こっくりさんを遊んでいました。

すると次の瞬間、K子は弾《はじ》かれたようにバンと立ち上がりました。そして目隠しをしたまま教室の中をぐるぐると歩き回る。そしてまた、急に立ち止まってぴんと腕を伸ばし、窓を指差し、叫んだそうです。

なんとかちゃんは落ちて死ぬ。そういう言葉でした。

それは、あの日、K子や、亡くなった女の子と一緒に、こっくりさんをしていた生徒の名前でした。叫んだK子はその場でバタンとしゃがみこむ。かと思うとまたバンと立ち上がって、教室の中をうろうろする。そして立ち止まって、別の方向を指差し、同じことをする。

なんとかちゃんは転んで死ぬ。

なんとかちゃんは食べられて死ぬ。

なんとかちゃんはぶつかって死ぬ。

それはちょうど、電池式のおもちゃみたいなぎこちない動きでした。まるで、K子の体が何か別のものに操られているかのような。そう考えてぞっとしたその生徒は、急いで逃げ出しました。逃げるとき、またK子の叫び声が聞こえました。

K子はばらばらにされて死ぬ。

……その絶叫を最後に、何も聞こえなくなったということです。このあと、どうなったのかはわかりませんが、後日談があります。

事件から数年のうちに、そこで名前を呼ばれた生徒たちは、全員亡くなったというんです。ある人は、自宅の二階の窓から飛び降りて亡くなりました。また、ある人は転んで頭を打って、ある人はキャンプ中に熊に襲われて、ある人は列車に飛び込んで。

つまり、あのとき、取り憑《つ》かれたようなK子が叫んでいた、そのとおりの死に方で。

そして、最後にはK子も亡くなったといいます。ただ、どうやって亡くなったのか、それは伝わっていません。だけど、もしあのとき、こっくりさんが未来を予言したのだとすれば……彼女もどこかで、ばらばらにされて亡くなっているのかもしれませんね。

あともうひとつ、わからないことがあります。すべてのきっかけとなった、あのこっくりさんのときのことです。あのとき、だれかが彼女に向かって「最初に死ぬのはだれですか?」という質問をしました。

いったい、だれが、どうしてそんな不吉な質問をしたのか、結局わかっていないそうです。

＊

ライブはそれなりに盛況だった。こういう場で、しかも同業者との共演となると、何か新しい話を聞けないか気になるものだが、あいにく、わたしが探しているような人が死ぬ話、というものはなかった。

ただ、静岡県の西の方で聞いた、という話がひとつあった。聞いていると、どうやら釜津の近くらしい。あとでその話をした同業者に詳しく尋ねてみると、やはり去年の春に八板町で取材した話とのことだった。ただ場所は河口付近ではなく、川沿いでもなかった。

それでも出てくるのが魚だったり、見た人が死んだりしていたら、わたしが追いかけているあの怪談とのつながりを疑ったところだが、怪談自体は小さな池から河童《かっぱ》が出てくるというものだったので、無関係だろう、と思った。

その後、会場の撤収を軽く手伝っているうちに日付が変わりかけてしまった。そろそろ帰ったほうがよさそうだ。

一足先に失礼して外に出ると、いきなり物陰から大柄な男に声をかけられた。犯罪者か、と一瞬だけ身構える。

「おいおい、おれだよ、おれ」

夜道に立っていたのは、松浦さんだった。

「やめてよ、痴漢かと思うじゃない」

「こんな色男を捕まえて痴漢とはひでえな」

仕事帰りなのかと思ったけど、妙なアロハシャツを着ていたので、さすがにそれはないと思いたい。若者ならともかく、いや若者でもあれだけど、四十過ぎの松浦さんがこの格好で職場をうろうろしていたらもっとあれだ。お堅いところだろうし。

「疑われたくないならまともな服を着なさいな」

「昔、彼女とハワイに行って買ったんだよ。高かったんだぜ」

「帰国してすぐ振られたんでしょ。それのせいかもよ」

「やっぱりイタリア旅行にすりゃよかったな」

こんな風体だが、松浦さんは、都内に自前の事務所を構える、れっきとした弁護士だった。司法試験に受かったものの、学生時代の素行が悪すぎて宮仕えできなかった、というのがお決まりのネタだが、真偽のほどはさだかでない。

「おまえこそ、葬式帰りみたいじゃないか」

「あこれ?」その日のわたしの衣装は、フレアスリーブの黒いワンピースだった。「いいじゃない、怪談っぽいでしょ」

デビューしたばかりの頃は、和服をよく着ていた。イベントの主催者などに、そのほうが雰囲気が出る、となかば命じられてやっていたのだけれど、とにかく着付けが面倒だった。最近は衣装に口出しされることもなくなったので、これ幸いと着ていない。

スカートの裾《すそ》を持ち上げたまま、ひらひらとポーズを取るわたしを見て、松浦さんは呆れたようにため息をついた。それから、ふと思い出したように言った。

「そういや、こないだの、朝起きたら串刺しになってた事件とかいうの、ありゃなんだ？」

串刺し人形の森にまつわる事件の噂について、松浦さんに頼み事をしていたのを、わたしはすっかり忘れていた。松浦さんにはときどき、無理を言って昔の事件や事故のことを調べてもらうことがある。弁護士の仕事を長くしていると、警察やマスコミにもいろいろパイプがあるようだ。といっても、さすがに内部資料を持ち出してきてもらうような真似はできないが。

「なんでもない」わたしはスカートを手でぽんと払った。「そういう話を聞いたから、本当にあるのかと思って」

「あるわけないだろ」

「意外。オカルト絡みならなんでも信じてると思った」

松浦さんは、わたしと違って、幽霊だの妖怪《ようかい》だの死後も残る情念だの、素朴に信じるタイプだ。それが弁護士の資質にかかわらないかずっと不安なのだけれど、いちいち疑わないことが大切な場面もあるのだろう。

わたしと松浦さんは連れ立って歩き、どちらからともなく、開いていた喫茶店に入った。腰を落ち着けて早々、松浦さんが言った。

「それにしても、出番があるなら教えてくれよ」

「急に入った仕事なの。飛び入り参加みたいなものだし、忙しいと思って」

松浦さんは、わたしがデビューした頃から、イベントがあると呼んでもいないのによく駆けつけてくれていた。

「今日はどの話をしたんだ？」

「いつものやつだよ。こっくりさんの話」

「ああ、あれか」

わたしの答えを聞くと、松浦さんは腕を組んで、渋い顔をする。

「おまえ、まだ人が死ぬ話を集めてるんだっけな」

「そうだよ。この話はちょっと使い勝手が悪すぎるから、わたしの目的に使うつもりはないけど」

「いい加減、諦《あきら》めるって選択肢はないのか？」

今度はわたしがむっとする番だ。

「ないよ。その話はさんざんしたでしょ。やめたら、また手首を切るかもよ。それでもいいの？」

「わかった、わかった」松浦さんは軽く両手を上げて、わざとおどけた表情を作った。「この話はやめだ、お互いにな」

松浦さんがわたしのことを大切にしてくれているのは痛いほど伝わっている。だから、口を挟んでも決して一線は越えない。あの頃、わたしに同情したり、施しをしようとしてくれた人はたくさんいたけど、わたしが彼らの想像するような「かわいそうな子」ではなかったから、みんな離れていった。当たり前だ。わたしはかわいそうな子ではない。そして、それをわかってくれるのは松浦さんだけだった。

「それに、こっくりさんの事件を最初に怪談にしたときだって、松浦さんが手伝ってくれたんじゃない」

「あれはおまえが、人気が落ち目でもっとえげつない怪談をやらないと干されて捨てられる、なんて嘘を吹き込むから、仕方なくだ」

「嘘じゃないよ。というか、人気が落ち目だなんて言ってないし」

こっくりさんの怪談の元になった話は、昇がどこかから見つけてきて教えてくれたものだ。なんでも、彼には三つ年下の妹がいるらしく、いろいろなオカルト話を仕入れてくるらしい。その中のひとつがこれだった。

ひとつの学校で、しかも同学年の生徒ばかり何人も殺されたり死んだりする、なんて話はちょっと信じがたかった。だから松浦さんに、該当する事件があるかどうか調べてもらった。すると一件、ほぼ同じ事件が起きていたことがわかった。わたしが話しているのは、昇から聞いた話と、松浦さんが調べた事件をベースに、細部を脚色したものだ。

「あれからなんか情報ないの。季里子《きりこ》の行方がわかった、とか」

怪談の中でK子として紹介している少女は、本名を河合《かわい》季里子という。怪談の最後では行方不明としているが、失踪《しっそう》したという意味ではない。どうやら家族ぐるみで連絡を絶っているらしく、捜しようがなかった。

「あのなあ、おれだって仕事があるの。怪談の元ネタ探しばっかりやってるわけじゃねえよ」

「そのセリフ、去年も聞いたよ。で、念のため探してみて、って去年も頼んだじゃない。あれからどうなったの」

「頼まれたか？」

「もう」

「冗談だよ。あまりおもしろい話じゃないが……去年、例の用水路の下流で、また別のご遺体が見つかったらしい。近所に住んでるじいさんで、前から認知症を患ってた、ってことだが」

「例の用水路って、いじめられてた女の子の遺体があった場所？」

「ああ、そこから一キロくらいのところで、転げて頭を打って亡くなったんだと。で、ちょっと気になって調べたんだが、その女の子のことがあってから、同じ用水路で事故やなんかが多くてな」

認知症の老人が転落死した事故を筆頭に、子供が溺《おぼ》れたり、バイクや車が突っ込んだり、そういうことが明らかに増えているという。

「それは、女の子の霊が祟っているんじゃないか、ってこと？」

「かもしれんし、女の子に取り憑いていたこっくりさんとやらが原因かもしれん。ほら、あいうのは水に集まるとかいうだろ」

松浦さんは、お冷のグラスの底についていた水滴に指を浸し、すっ、とテーブルに線を描いた。

「こういうふうに、何か悪いものが、水の流れに沿って広まっていく、なんてこともありそうじゃないか」

「水の流れに……」

「何かいい話が浮かびそうか？」

「かなりね。でも、そっちの話じゃないの」

金魚の釣り堀にいたおじさんは、たぶん、釣り上げると死ぬ魚の話を釜津で聞いた。ところが、わたしたちが調べてみると、実際の現場は狗竜川の河口だった。おじさんは単に隣町の話を聞いただけかもしれない。でも、もしそんな魚が、あるいは魚のような存在がいるとすれば。河口から湾の中心まで回遊することがあってもおかしくはない。

あるいは、河口が本当の源ではないとしたら？

本当の根源はもっとずっと上流にあって、そこから染み出したような何かが、たまたま魚の形をとって現れているだけなのだとしたら？

そう考えていくと、少し背筋が冷えた。ひょっとすると、この怪談は、まだまだ広がっていくものなのかもしれない。

わたしは、ふと、先ほどの同業者の話を思い出していた。八板町の池に棲《す》むという河童の話。

「松浦さん、ごめん。急いで確認しなきゃいけないことがあるの。ケーキが来たら、わたしの分も食べていいから」

「お、おう、そりゃかまわないけどよ」

松浦さんはちょっと考えて、二皿は入らんな、とつぶやく。わたしは笑った。

「じゃあ、行くね。今夜はありがとう。久しぶりに話せて楽しかった」

「こっちこそ。ただ、気をつけろよ」

「何が」

「いろんなことだよ」

そう言う松浦さんの顔は、またさっきと同じ渋い表情になっている。言いにくいことを言うときの顔だ。

「あまり入れ込むな。とくに『川』の話は」

「……それって、あの事故のこと言ってる？」

「ああ。おまえが川に呼ばれてるような気がしてならないんだ。それとも、おまえが川に執着してるのか」

川。わたしが見たあの場所は、ひたすらに暗くて、冷たくて、恐ろしかった。わたしにとってどんな怪談もあの場所を超えることはない。怒りも、悲しみも、全部あの場所に溶け込んでいる。そして今も漂っている。

「そうだね、きっとそう」

わたしは川に取り憑かれている。あの夜から。

*

小さい頃はおばけの話なんて大嫌いだった。

絵本やアニメを見ていても、怖い場面が出てくるたびにひどく泣いていたような思い出がある。一度、父が冗談で、いたずらするとおばけが出る、なんてお決まりのことを言ったら大騒ぎになった。夜になっても寝室に入れず、リビングで明かりをつけたまま、困り果てた両親と一緒に深夜まで起きていた、なんてこともあったそうだ。

そんな中、とりわけよく覚えている出来事がある。

わたしがまだ小学校へ上がる前のことだ。同居していた祖父が亡くなった。おじいちゃん子だったわたしは大泣きに泣いた。祖父が死んだことを認めるのが嫌で、また親戚《しんせき》たちが集まっている雰囲気が苦手だったこともあり、お通夜もお葬式もほとんど別室に閉じこもっていた。

それからすぐ、あるいは記憶がそうなっているだけで、もっと後日のことかもしれないが、わたしは祖父の夢を見た。わたしと祖父は、ふたりでよく遊んでいた八畳の和室に、向かい合って座っている。祖父はじっとうつむいて何も言わない。何も言わないのに、わたしは怒られていることになっている。

視界の隅で何かが動く。黒いものが、家具の後ろからちらちらと見えている。気になるけれど、わたしはそっちを向くことができない。それは怖いものだという意識だけがある。

黒いものは天井の板の間からも、畳の縁《へり》の間からも覗いている。それらはわたしと祖父をじろじろと見ている。わたしからは黒い塊としか見えないのに、そうだとわかるのだ。ときどき、うふっ、と息を吐くような笑い声がする。

やがて、黒いものたちが壁や天井や畳を離れて、わたしと祖父に近づいてくる。わたしは叫びたいのに声が出ないし、身動きも取れない。体のすぐ横から、見えないだれかの息遣いがする。

うふふ、ふっ、ふはっ。

わたしは目を覚まし、飛び起きた。その瞬間、自分が眠っていたことを思い出す。そこはいつもの寝室で、左右には両親が眠っている。

安心してまた横になったとき、天井に貼りついた祖父と目が合った。

わたしの叫び声で起き上がった両親が部屋の明かりをつけると、もう祖父は消えていた。

わたしは号泣し、母になだめられながら少しずつ、今見た夢のこと、死んだはずの祖父の顔が見えたことをしどろもどろに話した。

だいたい話し終わると、母はわたしの背中をさすった。

「きっとおじいちゃんが寂しがってるのよ。三咲とちゃんとお別れできなかったから」

そうだろうか、と思った。だとしたら、あの黒いものたちはなんだったのだろう。でも幼いわたしには、その違和感を伝えるだけの言語能力がなかった。

翌日、わたしは朝から母と一緒に祖父の部屋に行き、仏壇に手を合わせた。おじいちゃんにお別れしてね、と言われたので、心の中で、さようなら、もう出てこないでね、と唱えた。

ふと顔を上げると、祖父の遺影が目に入った。

「ほら、おじいちゃんも喜んでる」

　母にそう言われても、遺影の顔は無表情としか思えなかった。

　それから年月が経ち、わたしは十一歳になった。ある日、両親とわたしは車で外食に出かけた。場所は近所のイタリアンレストランだ。でもそこで何を食べたのか、どんな話をしたのかはほとんど覚えていない。当時のわたしは思春期の入り口にいて、両親との距離感も少し変わりつつあった。だから、その夜の食事もあまり楽しんだ記憶がない。そのことをずっと後悔している。もし帰り道であんなことが起きると知っていたら。

　事故の瞬間ははっきりと見ていない。運転席に父が、助手席に母が座り、わたしは後部座席にいた。突然、あっと叫んだ父がすごい勢いでハンドルを切る。と同時に、フロントガラスが光で埋め尽くされた。激しい衝撃とともに車体が横倒しになるほど傾いたかと思うと、大きな水音がして、車がどこかの水中に落ちたのがわかった。

　車内は暗くて何も見えない。シートベルトをしていたわたしは、衝突の勢いで胸を強く締めつけられ、しばしあえいでいた。やがて足元に水が入り込んでいるのを、靴の先の感触で知った。

「痛い、痛い！」

　母の声がする。あとでわかったことだが、わたしたちの車はぶつかった衝撃で左前方が大きく歪《ゆが》み、そのせいで助手席の母は下半身を押しつぶされていた。

父がわたしの名前を呼んでいるのに気づいたので、返事をした。それで意識があるとわかったのだろう。父はわたしに、車から出ろ、と叫んだ。わたしはシートベルトを外し、ドアを押したが、開かなかった。水圧のせいだ。

開かない、と叫ぶと、窓ガラスを割れ、と言われた。わたしは拳《こぶし》や肘《ひじ》でガラスを叩《たた》いたが、十一歳の少女の力で割れるものではない。その間も、母は火がついたように泣き叫んでいる。

父の体が助手席側に移動した。一瞬、母を助けるのかと思ったが、そうではなかった。父はダッシュボードを無理やり開けた。下半身に余計な圧力が加わったのか、母の悲鳴が大きくなる。母は暴れ、父の背中を何度も殴る。背中を殴られながらも父はダッシュボードの中からお目当てのものを見つけ、わたしに手渡した。脱出用のハンマーだった。

これを渡してしまったら、両親はどうするのだろう、とわたしは考えた。でも、それどころではなかった。水は膝のあたりまで来ていたし、母は半狂乱になっている。

「出ろ、早く！」

「痛い、痛い、痛い！」

それが、わたしの聞いたふたりの最期の言葉だ。すぐにハンマーで窓ガラスを割ると、いくらかの水が流れ込んできたが、車の後方はまだ水の上にあった。わたしは窓から這い出して泳ぎ、岸辺の草をどうにか摑んだ。そこで初めて振り返ると、すでに車は黒い水の中で見えなくなっていた。

わたしは水から上がろうとしたが、川底の泥がぬかるんで思うようにいかなかった。そのとき、わたしの腕をだれかが掴んだ。顔を上げると、知らない中年の男が立っていた。

「大丈夫か、がんばれ」

男は叫んでいた。きっと近所の人なのだろう、とわたしは思った。男に支えられて堤防の上に登ると、そこにはまた何人か集まっていて、ずぶ濡《ぬ》れのわたしに気づいただれかがバスタオルのようなものを取ってきてくれた。やがて救急隊が駆けつけたが、その頃にはもう車は完全に水没していて、その夜は見つけることさえできなかった。

事故の状況がはっきりわかったのは、ずっとあとのことだ。当時、川沿いの堤防道路を走っていた父の車の前に、車線を大きくはみ出した対向車が現れた。父はとっさにハンドルを右へ切ったが、対向車はそのまま突っ込んできた。車は大きくすべり、川に落ちた。午後まで降っていた雨の影響で、川は増水していた。

両親は車の中から遺体で見つかった。

わたしは、事故を起こした犯人を憎んだ。そんな人間は死刑になるべきだ、と思った。わたしを引き取った母方の叔父《おじ》夫婦は、事故についてのニュースがわたしの目に触れないよう気を配っていたが、そんなことは関係なかった。わたしはもう中学生になっていた。

でも、わたしの期待に反して、犯人は死刑にはならなかった。刑務所に入ることさえなく、執行猶予となった。

あの夜、わたしを川の中から救い出した男が、その犯人だった。彼は近所の高校の教師で、あの夜は不登校の生徒を家庭訪問した帰りだったという。神経質な保護者との会話に疲れ、ちょうど残業が続いていたこともあり、睡魔に襲われた彼は一瞬、ハンドル操作を誤った。判決文は終始、その男に同情的だった。

だったら、わたしが殺してやろうと思った。男の住所と名前はすでに調べてあった。当時のインターネットはまだぎりぎりアンダーグラウンドな空気が残っていたから、事故を起こした高校教師などはすぐに特定されて、とある匿名の掲示板に個人情報が書き込まれていた。殺人の方法も知りたかったが、さすがにそれはインターネットに書いてなかった。過去の猟奇殺人や連続殺人について調べてみても、最後は殺人犯が捕まって終わる。だれにも見つからない完全犯罪など絵空事だとわかった。

わたしはカッターナイフを持ち歩くようになった。犯人の家の前まで実際に行ってみたこともある。門は閉まっていて、ちょうど留守だったのか、とっくに引っ越したのかはわからなかった。もし本人がいたらどうする気だったのかもわからなかった。とにかく、動き回らずにはいられなかった。

両親の声が耳から離れなかった。あの夜、真っ暗な川の中で聞いた絶叫と悲鳴。両親とは明るい話も楽しい話もしたはずなのに、少しも思い出せなくなっていたことに気づいた。叫び声が何もかも上書きしていった。

痛い痛い痛い出ろ早く出ろ助けて助けてお願い助けて急げ痛い痛い怖い痛い痛い痛い。

幽霊が出てくれればいいのに、と思った。祖父のように、父も母も幽霊になってくれればいい。そしてあの犯人を呪い殺してくれたらいい。そうでなければ、わたしを一緒に連れて行ってほしい。

お守り代わりのカッターナイフを、わたしはときどき自分の肌にも当てた。

死んだ祖父のことを思い出した。母は、死んだ祖父が帰ってきたのだと言った。わたしはもうそんなことを信じていなかった。すべてはあやふやな記憶の中の出来事だ。死んだ家族が会いに来るなんて、ちっとも科学的じゃない。合理性のかけらもない。

けれど、そのあやふやさが、あの頃のわたしには何より必要だった。

幽霊や怪談、呪いや祟り、オカルトや超常現象。インターネットで、あるいは本で、とにかくそういうものをむさぼるように読んだ。わたしにとって頼れるものはもうそんなものしか残っていなかった。お話の中では、人は簡単に幽霊になる。女性の幽霊が出たので調べてみると、そこでは昔、女性が自殺していたのでした。そんな理屈が当たり前のように書かれている。

嘘だ。事故現場の川には、あれから何度も行ったけれど、何もいなかった。ただ水がおだやかに流れていただけだ。そこには呪いも祟りも残っていなかった。わたしの両親はそんな爪痕《つめあと》さえ残さず、この世から消えた。そう思うと悔しくてたまらなかった。

やがていつからか、わたしは呪いや祟りにまつわる怪談を集め始めた。人は、ただ死ぬのではない。霊障をもたらし、怨念《おんねん》を刻みつけ、生者の世界を侵しながら死ぬ。そうした物語はわたしにとって救いとも思えた。祈りでもあった。しかし、怪談が集まっていくにつれて、わたしの中には別の思いも同時に芽生えた。

もし、この中に本当のものがあったとしたら？

人形を粗末にした者は祟られて死ぬ。では、その人形を入手できたら？

ある家に入った者は呪われて死ぬ。その家にだれかを呼び寄せられたら？

その魚が発する言葉を聞いた者は死ぬ。どうにかしてその魚を釣り上げられたら？

もし、呪いや祟りが現実に存在し、ある条件のもとでそれが起動するのなら、法律などひとつも犯すことなく、あの男を殺せる。

二、怪談だらけの川の話

包丁を逆手に構えたカナちゃんがスマートフォンの画面に現れる。押し入れから這《は》うように出てきたカナちゃんが、もう一方の手に持ったカメラを部屋の姿見に向けたからだ。カナちゃんは顔に巨大なマスクをつけている。そのせいで表情はまったくわからない。

カナちゃんは部屋のドアを開け、暗い廊下をゆっくりと移動していく。そこはわたしの家の廊下だとすぐにわかる。すぐ横の寝室ではわたしが寝息を立てているはずだ。しかし、カナちゃんはそちらへ向かわず、反対方向へ歩いていく。トイレと浴室がある方向だ。浴室から聞こえるかすかな水の音を、カメラのマイクが拾う。深い水の中で、たくさんのものがたゆたうような音。

カナちゃんの手が伸びて浴室の照明をつける。画面が一瞬、白く飛ぶ。少しずつ画面の明るさが調整され、浴室内の異様な光景が映し出される。

水の張られた浴槽に無数のぬいぐるみが浮かんでいる。

カナちゃんは、浴室内にあらかじめ置かれていた三脚台にカメラを固定する。それからぬいぐるみの中の一体を拾い上げ、包丁を振り上げて。

「何を見てるの?」

隣の座席からカナちゃんが首を伸ばしてきて、わたしのスマートフォンを覗《のぞ》き込む。が、すぐに顔をしかめた。

「もう、そんなの何度も見ないでって言ってるのに」

「よく撮れてるじゃない。編集もうまいし。視聴回数もこんなにある。大人気みたい」

「人気じゃないの。炎上してるだけ」

カナちゃんはよく、自分で試した呪いの儀式や、心霊スポットへ出かけたときの様子を動画に撮ってウェブサイトに投稿している。もともとは、カナちゃんからわたし宛に送られた動画をわたしが勝手にアップロードしたのだが、それが妙な人気になった。せっかくだから続けたほうがいい、というわたしの強引な頼みを聞き入れたカナちゃんは、その後も定期的に作品を仕上げて世に出している。

が、私有地にもかかわらず廃墟《はいきょ》へ忍び込んだり、位牌《いはい》が残されたままの仏壇をバットで破壊したりといった過激な行為が目に余るため、基本的には炎上傾向にある。有名どころの動画サイトはすべてアカウント停止処分になってしまい、今では海外のポルノ動画サイトでひっそり活動中だった。

「『ひとりかくれんぼ同時に九十九体でやってみた』でしょ?」増やすといいとは聞いたが、四体だったり十三体だったり判然とせず、せっかくなので一番多いやつにしたのだ。「燃えるようなネタかな?」

ひとりかくれんぼ、というのは、ある時期からインターネットでよく語られるようになった降霊術のことだ。人形を用意して、その中に霊を降ろす。それから自分ひとりだけ隠れて、様子を見る。するとおかしなことが起きるという遊び。動画のネタとしてはメジャーなものだ。

わたしの疑問に、カナちゃんは力なく首を振った。

「甘いね。ここまでになるともう挨拶《あいさつ》するだけで叩《たた》かれるから」

わたしとカナちゃんは、いよいよ例の魚を釣り上げるため、八板町に向かう列車の中にいた。大きな荷物は宅配便であらかじめ宿に送ってある。釣りがうまく行って魚を手に入れられれば言うことなしだが、わたしにはそれ以外のお目当てもあった。だから、八板町には五日ほど滞在するつもりで予定を組んでいる。カナちゃんが釣りに挑戦している間、わたしは他の場所を調べて回るつもりだった。

新幹線からさらに在来線を乗り継いで、八板町の駅に着いたのはもう昼過ぎだった。ホームに降りると、すぐに晩夏の熱気が押し寄せてくる。わたしはブラウスの襟をぱたぱたさせながら、カナちゃんに尋ねた。

「駅前にタクシーがいると思うから、先に宿まで行っててくれる？」

荷物もあるし。わたしがそう言うと、しかし、カナちゃんは不思議そうに首をかしげた。

「え、三咲は？」

「歩いていくよ」

わたしが車に乗れないことを、引きこもりのカナちゃんは知らない。

一時期はまったくだめだった。シートベルトを締めると、体に食い込んでくるような感じがして、息ができなくなる。汗がだらだらと噴き出す。叔父《おじ》さんや松浦さんに手伝ってもらいながら少しずつ克服して、最近は短い距離なら大丈夫になった。それでも、まだ好んで乗ろうとは思えない。

改札を出てみると、ロータリーの片隅にささやかながらタクシー乗り場があって、暇そうなクラウンが一台停まっていた。あれでいいだろう。財布を手に持ち、タクシーのほうへ歩きかけたところで、カナちゃんに腕を摑《つか》まれた。

「いいよ、わたしも一緒に歩くから」

彼女がどうしてそんなことを言うのかわからず、わたしは返事に困った。

「でも……」

「いいから」

そう言ってカナちゃんはショルダーバッグを背負い直し、ロータリーの端にある横断歩道のところまですたすたと行ってしまう。釈然としないまま、わたしはあとを追いかけた。カナちゃんはああ見えて勘がいいから、わたしの様子を見て何か察したのかもしれない。だから、これは彼女なりの、同居人への気遣いなのだろう。そう思うと嬉《うれ》しかった。

十五分ほど歩いて、予約していた宿に着いた。古い旅館だと聞いていたけれど、どうも最近リニューアルしたらしく、中はきれいで、インターネット回線まである。カナちゃんも気に入ったと見えて、絵や掛け軸をめくっては、裏にお札を探していた。わたしは一応、仲居さんに尋ねてみたが、幽霊が出る部屋はないということだったので、ちょっと残念だ。

客室に備え付けのお菓子をつまみ、体力を回復したところで、また歩いて河口まで向かった。道沿いには公園や海水浴場がいくつもあり、レジャー客で賑《にぎ》わっている。カナちゃんは、あらかじめ東京で釣り仲間から情報収集していたらしく、狙い目の場所をいくつか挙げてくれたので、順番に回ってみることにした。

着いてみると、やはりそこは釣り人に人気の場所で、先客が何人もいた。わたしはちょうど帰ろうとする釣り客を呼び止めて、釣果を聞いた。

「今の季節はキスだよ。あとはタチウオ。たまにヒラメなんかも釣れるよ」

「このあたりで変わった魚を釣った人がいるらしいんですけど、ご存じないですか」

「変わった魚？」

「ええ、あの、釣り上げた人が死んでしまうこともある魚だとか」

「ああ」と、釣り人は納得した表情になった。「ダツのことかな」

「ダツ？」

「このくらいの銀色の尖《とが》った魚でね。夜、ライトなんかつけて釣りをするでしょう。そうすると、光に反応したダツが飛んできて、人に刺さっちゃうんだよね」

後ろに立っていたカナちゃんが急にわたしの袖《そで》を握ってきた。小さな悲鳴をもらしたのも聞こえた。

「この辺にもいるから、夜釣りをするなら気をつけたほうがいいよ」

それだけ言うと、釣り人は満足げに去っていった。そのうしろ姿を、カナちゃんは複雑そうな表情で見送った。

「怖くなった？」

「まさか」カナちゃんはにこりともせずに言った。「でも、呪いで死ぬならともかく、魚が刺さって死ぬのは嫌だ」

呪いの魚の正体がダツのはずはないが、そんな物騒な魚がいるならそれはそれでホラーだ。

わたしはあらためて周囲を見回した。釣り上げると死ぬ魚が釣れたという狗竜川の河口とは、このあたりで間違いない。ここに来る前、集めた話の中から描写を拾って、だいたいの場所を推定しようとしてみた。ただ、どうもそれが話によって微妙に違うようだった。右岸だったり左岸だったり、砂の上だったりそうじゃなかったりする。話がすべて本当だとすれば、このあたり一帯のどこにでも棲息《せいそく》している可能性がある。

一方、時間帯については、必ず早朝か夜更けのどちらかだった。また、例の魚を釣るときには、周囲から人の気配が消えている、という共通の特徴もあった。仮に時間帯が関係しないのだとしても、今の釣り場の混雑を見る限り、日中にそんな状況が起きるとは考えにくかった。

いずれにせよ、釣りに挑戦するのは明日からの予定だったので、今日は下見だけで引き上げることにした。それに今夜は、釣りとは別に調べておきたいことがあった。

宿に戻り、晩ごはんを食べたあと、カナちゃんとお風呂《ふろ》に入ることにした。温泉ではなかったが、ふたりで入ってもかなり広々としていて、気分がよかった。カナちゃんは湯船の中で鼻歌まじりに足を伸ばす。わたしもその隣に体を沈めて、このあとの予定を伝えた。

「この近くに河童《かっぱ》が出る池があるらしいの。そこへ行ってみようよ」

「河童?」カナちゃんの頭からタオルが落ちる。「魚じゃなく?」

「これはまだ、わたしの想像なんだけど、そのふたつは同じものじゃないかと思うの」

わたしは、東京で同業者から聞いた河童の話を、カナちゃんにも聞かせた。


八板町に住む高校生の男の子が体験した話だ。

彼はしばらく前から、恋人でもあるクラスメイトのひとりと、深夜にふたりきりでデートするという計画を立てていた。夏休みになって、彼らは本当に計画を実行した。自宅を抜け出した彼は、近所で恋人と合流し、そのままふたりでこっそり出かける。といっても高校生なので、ドライブに行くとか、繁華街に繰り出すということはない。コンビニでアイスを買い、近所を散歩しながら語り合うだけの健全なデートだったそうだ。

ふたりの家から少し歩いたところに雑木林があり、奥には大きな池がある。そこでは昔から、子供が落ちて溺《おぼ》れる事故が多かったようだ。そのせいか、今では周囲をフェンスで囲まれ、おいそれと入れないようになっているのだが、そうは言っても破れ目のひとつやふたつはある。ふたりはそこから中に入り、岸に座って愛をささやきあった。まあ、他のこともしたかもしれない。

しばらく経った頃、不意に水の音がした。

何かが池に落ちるような、ばちゃん、という音だった。魚でも跳ねたのだろう、と最初は気にしなかった。ところが、ばちゃん、ばちゃん、と、その後も池のあちこちから音が聞こえてくる。さすがにふたりとも不審に感じた。

会話を止めて耳をすますと、またどこからか、ばちゃん、と音がする。だれかが池に腰まで浸《つ》かって、ちょうど子供の水遊びみたいに、水面をかき回している。そんなイメージが浮かんだ。

けれども、その場に自分たち以外の人間がいるとは思えなかった。立入禁止の池の周囲に明かりはまったくない。ただ、一面の闇の中に、淀《よど》んだ水の質量が感じられるだけだ。

それなのに、その水をしきりに鳴らしている何かがいる。

男の子は内心かなり怯《おび》えていたが、彼女の手前、逃げ出すのも恥ずかしい。おれが見てくる、と威勢よく言って、池に近づいた。しゃがんで水面に顔を近づけたが、波紋などがある様子もない。それなのに水音だけがする。しかも、その音はだんだんとこちらに近づいてくるように感じる。

ばちゃん。

ばちゃん、ばちゃん。

ばっちゃあん。

最後の音はほとんど鼻先で聞こえた。ふたりともすくみ上がり、恐怖のあまり身動きが取れなくなった。暗い水面に、何かがゆっくりと浮かんでくる。やがて、ちょうど人の頭くらいの大きさのシルエットが、水面から突き出した。それがぼそぼそと何かを言った。

彼はどうにか立ち上がると、彼女の腕を取り、全力疾走で池から離れた。背後ではまた、ばちゃん、ばちゃんと音がする。今にして思えば、それは水に落ちる音ではなく、何かが水から出てくる音のようでもあった、と男の子は語った。


オリジナルの怪談では、この池に落ちて溺れた子供の霊がときどき現れることもある、という話をくっつけて終わっていた。聞き終わったカナちゃんが、わたしに質問する。

「その池の水はどこから来ているの？」

鋭い、とわたしは応じた。

「そこは、もともとは狗竜川の支流のひとつだったのが、川の流れが変わって、取り残されてできた池らしいの。地下では今も狗竜川とつながっていて、魚が入ってくることもあるって」

「例の魚は河口にいると思っていたけど、そうじゃなくて、実はもっと川の奥にいたってこと?」

最初に、釜津でこの怪談の詳細を聞いたとき、話を教えてくれた釣り人は「川の魚」だと言った。河口で釣れたという話だったから、そのあたりの魚だと思いこんでしまったけれど、本当は違うのではないか。

「その魚が河口付近だけでなく、川全体にいるなら、狗竜川とつながっている池や支流で見つかってもおかしくないよね」

しかも、この河童の話と、例の魚の話には、他にも共通点がある。その存在が何か言葉を発していた、という部分だ。取材した本人にも確認してみたが、体験者はこの言葉の内容をまったく聞き取れなかったらしい。何かをしゃべったが、内容は伝わらない。これも魚の怪談と同じ特徴だった。

それ以上、湯船の中で話し合っているとのぼせてしまいそうだったので、続きは現地に向かいながらやることにした。カナちゃんは湯上がりにコーヒー牛乳を飲みたがったが、あいにく小さな旅館で売店も自販機もなかった。

＊

本当はまだ明るいうちに行こうと思っていたのに、宿でのんびりしすぎたせいで、池に着いた頃には、もう真っ暗闇になっていた。あたりは入り組んだ住宅地で、スマートフォンの地図を頼りになんとか見つけ出した。話に聞いた通りの雑木林があったが、公園や神社のような雰囲気ではない。

街灯などはもちろんなさそうだったので、用意していた懐中電灯をつけた。砂利の敷かれた道をしばらく歩くと、暗闇の中に金属製のフェンスが浮かび上がる。立入禁止、と書かれた看板があり、他にも釣り禁止だとか、町役場の担当部署の名前だとかがフェンスのあちこちに掲示されていた。どうやらここで間違いなさそうだ。

話の中では、どこかにフェンスの切れ目があるということだったが、部外者のわたしたちには見つけられそうもない。仕方がないので、フェンス越しに中の池を懐中電灯で照らした。フェンスからさらに四、五メートル奥に行ったあたりに、てらてらと光る水面が見える。

ふと振り返ると、カナちゃんの姿がない。

「こっち、こっち」

わたしがあちこちに光を向けて捜しているのに気づいたのだろう。少し離れたところからカナちゃんの声がした。

「ここ、金網がめくれてる」

近づいてみると、たしかにそこだけフェンスの金網が枠から外れて、少し丸まった状態になっていた。めくると、ひとりならくぐれる程度の大きさの穴になった。例のカップルが通った場所かもしれない。

「入ってみる?」

やめる理由はなかった。わたしがうなずくと、カナちゃんはさっさとくぐって奥へ行ってしまう。わたしもライトを手に追いかける。金網の端で手を切らないよう、慎重に通り抜けた。その間にカナちゃんはもう水辺まで行っていた。

池の周囲に明かりはなかったが、林の外はすぐ人家なので、一寸先も見えない、というほどではない。しかし、それでも懐中電灯がないと足元がおぼつかない。カナちゃんはよくあんなに歩けるな、と思った。

近づいて声をかけようとすると、その前にカナちゃんが言った。

「何か聞こえない?」

一瞬、ぞくりとした。会話をやめて耳をすます。林の奥からぎゅうぎゅうという鳴き声がしきりに聞こえてくる。種類はわからないが、たぶんカエルだろう。

と、どこかで水の跳ねる音がする。

はっとしかけたが、まだ例の音かどうかわからない。池の近くなのだから、水の音がしたって別に不思議じゃない。どうやらカエルもいるようだし、芭蕉《ばしょう》の句を地で行っているだけかもしれない。

しばらく待っていたが、次の水音は聞こえてこなかった。わたしは懐中電灯の光を水面に向ける。

池の中央付近を光が通り過ぎる瞬間、水に入っていく何かの姿が目に映った。

「……今の見た？」

「見た。なんかいたね」

ふたりとも見ているなら錯覚ではなさそうだ。光に反応して魚が跳ねたのだろうか。あるいは、岩のようなものが水面に突き出していて、光源がすばやく動いたためにその岩も動いて見えたのか。そう思ってもう一度、水面をゆっくりライトで照らしていったが、今度は何も見えなかった。

動けずにいるわたしをよそに、カナちゃんが一歩ずつ、池に向かって歩き始める。

「ちょっと、何してるの」

「また何か聞こえる」そう言ってカナちゃんはこちらを振り返った。「ほらまた、あっち側で」

カナちゃんは、わたしたちから見て左の方向を指差した。

「水の音？」

「違う、なんかしゃべってるみたい。よく聞き取れないけど、日本語っぽい」

わたしはそちらに光を向けかけて、急いでやめた。池のどの方向にも他の光はない。つまり、しゃべっているものの正体が人だったとして、彼らは明かりを持っていないか、わざと消しているということだ。

「近所の人かもしれないよ。地元の不良とか」

「だったらもっとにぎやかでしょ。ぼそぼそ、切れ切れに聞こえるの」

「強盗とか、レイプ魔かもしれないよ」

「こんなだれもいない場所に？」

カナちゃんはわたしのほうを振り向いて、手招きした。

「行ってみようよ。河童かもしれない」

カナちゃんは、まるで散歩に誘うみたいに、軽くそう言った。いつもと同じだ。わたしは胸騒ぎがした。理由はわからない。ただ、なぜかカナちゃんを行かせてはいけない気がする。

「もういいよ、帰ろう」

それだけ言うと、わたしはカナちゃんの手首を強く握り、なかば引っ張るようにして池から離れた。後ろからはカナちゃんの抗議が聞こえてくる。

「ちょっと、痛いよ、やめてよ！」

わたしはそれを無視した。とにかくこの場所から遠ざかることが優先だ。フェンスの裂け目があった場所まで早足で急ぐ。本当に怪談だったらこの穴も消えているところだが、幸いにして変化はなかった。

「早く出て」

「なんで、チャンスじゃん。本物の怪現象かもしれないのに」

「いいの。とにかく、今夜はだめ」

「なんで……」

「お願い、言うことを聞いて」

わたしが懇願すると、カナちゃんは逆らわなかった。彼女が金網をくぐり抜けるのを見届け、わたしも続こうとしたところで、背後の池から大きな音がした。

ばちゃあああん。ばちゃん。

わたしは振り返らずに裂け目を通って外に出た。

池から宿に帰るまでの間、わたしたちはお互いに口を開かなかった。カナちゃんは、もしかすると怒っているのかもしれなかった。それか失望しているのかもしれない。人が死ぬ呪いを試すだなんて言っておいて、いざ奇妙なことが起きたらこのざまか、と。

わたしにも不思議だった。どうしてわたしはあんなにも怯えたのだろう。いわくつきの場所へ出かけた経験は二度や三度ではない。そこで怪しい物音を聞いた経験など数え切れないほどある。それでも、今夜のように取り乱しはしなかった。

宿に着いたのは十時近くだったが、大浴場はまだ開いていた。もう一度、お風呂に浸かりたい気分だった。カナちゃんは疲れたといって布団に入ってしまったので、わたしはひとりで汗を流した。

頭の中では、もう言い訳が出来上がっている。わたしの目的は、呪いの正体を見極めて、あわよくば利用することだ。カナちゃんがむやみに危ない目にあうところを見たいわけでもないし、そもそも人間の犯罪者に襲われたらどうしようもない。

でも、本心はまだ混乱している。

水の音がしたからかもしれない、と思った。池を満たしていた黒い水が、まるであのときのように見えたからだ。わたしの両親を殺した川の水と、あの池に淀んでいた水とが同じに思えたから、わたしはカナちゃんの腕を摑んだ。あの子を行かせたくないと思った。

温かい湯の中で手足を広げ、浮かぶようにして天井を見上げる。

ひょっとして、わたしはカナちゃんを死なせたくないのだろうか。うすうす感じながら、でも、結論は出せなかった。

＊

あんなことがあった翌朝だというのに、ふたりとも、ちゃんと五時に目が覚めた。でも、わたしはカナちゃんに、今日は釣りはやめよう、と言った。カナちゃんは寝ぼけ顔でわたしを見つめていたが、ともかく出かけないとわかると、そのまま二度寝に入った。わたしは昇に電話をかけた。確認したいことがあったからだ。彼は二十回ほどのコールで、ようやく起きてきた。

彼の返事を受け取って、それから、手元の資料を眺めて考えをめぐらせているうち、気づけば朝食の時刻になっていた。わたしはカナちゃんを引っ張り起こして、食事処《どころ》に向かった。しじみの味噌《みそ》汁に卵焼き、あじの開きに海苔《のり》の佃煮《つくだに》と、ほっとするような献立が並ぶ。カナちゃんの機嫌は直っていた。というより、不機嫌に見えたこと自体がわたしの思い過ごしだったのかもしれない。それか被害妄想。

「もう釣りはしないの？」彼女は納豆をかき混ぜながら、そう聞いた。「それとも、昨日の池で釣る？」

「ううん、そもそも、この怪談の根っこは、魚じゃないんじゃないかと思って」

「魚じゃないなら何？」

わたしは持参したノートをテーブルの上に置き、白紙のページを開く。

「わたしの考えでは、この怪談は、狗竜川に沿ってだんだん下流へ移動してる」以前、こっくりさんの怪談の後日談について松浦さんと話したときから、頭の片隅にあった思いつきだった。「カナちゃんがおじさんから、釣り上げると死ぬ魚の話を聞いたのは？」

「先月」

ページの一番上に「二〇二〇年七月、おじさん」と書いた。

「それから、釜津の釣り船の船長さんがこの話を聞くようになったのは、半年以内」

次の行に「二〇二〇年二月頃、釜津湾」。

「で、これは今朝、昇に確認してもらったんだけど、河口で釣り上げたっていう話が言われるようになったのは去年の秋からみたい」

五時に起こされたにしては、昇はいい仕事をしてくれた。また次の行に「二〇一九年秋、狗竜川河口域」と記す。

「あと例の河童の話ね」

というわけで最後の行には「二〇一九年春、八板町内」と書いた。本人が体験したのは数年前の夏のことだが、それを取材したのはこの頃だと聞いている。

もはやこうなると、単に奇怪な魚が住み着いているというのではない。川の流れに沿って、怪談自体が海の上まで移動してきているかのようだ。

「でも、なんとかっていうお寺には江戸時代の魚の話が伝わってるんでしょ」

「そこなのよ」わたしは予備校のカリスマ講師よろしくカナちゃんを指差した。「あのお寺に伝わってたのは、クジラの骨をもらって蓬萊《ほうらい》魚と名付けた、っていう話だけ。わたしと昇が読んで、似てるなって思ったのはブログ記事なの。そのブログがこれ」

わたしはカナちゃんにスマートフォンの画面を見せた。

「記事の投稿日を見て」

「去年の十二月二十三日。天皇誕生日だね」

「去年はもう天皇誕生日じゃなかったけどね」

「じゃあ、話自体は、そのブログの人の創作ってこと？」

「かもしれないし、お寺に伝わる魚の伝説とミックスしたバージョンが別にあるのかもしれない」

狗竜川の河口から釜津湾まで船で行くとすれば、ちょうどあの寺のあたりが中間だ。だからおそらく、事件が起きた時期よりも、怪談が生まれた時期のほうが重要なのだ。わたしはさっき書いた行の間に矢印を引っ張って付け加える。「二〇一九年十二月、大安国寺（亜種？）」。これで一連の流れが完成する。

カナちゃんが首を伸ばしてノートを覗き込んだ。

「二月の釜津湾から七月のおじさんまで、ずいぶん空いてるね」

「釜津湾まで来て止まったのか、おじさんを東京扱いとして、太平洋沿岸に広がってるってことなのか……」

そちらも気になるが、もっと気になるのは川の上流にあたる方角だった。わたしは買ってきた旅行ガイドを開き、狗竜川流域の地図をノートの隣に広げた。朝食会場では他にも何組かの泊り客が食事していた。今のわたしたちの姿を見たら、旅の行き先を相談していると思うに違いない。

「狗竜川の水源は、長野県の東神湖《とうじんこ》。ここから長野県南部をずっと流れて、いくつかの川と合流しながら、八板町で海に注ぐ」

その全長は二百キロメートル以上。今はまだその入口に立ったところだ。

「河童の池から河口までは半年で移動してるでしょ。仮に同じペースだとすれば、東神湖を出発したのは十五年くらい前」

ただ、海に出てからのペースはもっと早いので、この計算が成り立つかどうかはわからない。

「その時期に湖の近くで何かあったってことは？」

「なくはないよ。有名なところだと、グラビアアイドルのそっくりさんが起こした連続放火事件とかね。ただまあ、事件や事故は毎年のように起きてても不思議じゃないし」

だいたい、十数年かけて川を移動する怪談、なんてものの原因に何が該当しうるのか、わたしには想像もつかなかった。

一足飛びで原因にたどり着けないなら、下流からひとつずつ拾っていくしかない。昇には、狗竜川の流域で取材された怪談を片っ端から調べてメールしろ、と命令してある。他にも知り合いの怪談関係者に声をかけるつもりだ。それに、わたしの説はまだ正しいとは言えない。釣り上げると死ぬ魚の怪談は、河童の怪談から影響を受けて生まれたものかもしれない。そうであれば、同じ時期に近い場所で怪談が発生するのは、かえって当たり前だ。

逆に、似た怪談が次々と発見され、しかも川沿いに並ぶようであれば、かなり怪しい、ということになる。

「興奮してる?」

ノートに日付や地名を書き込んでいるわたしの姿が、よっぽど浮かれて見えたのだろう。カナちゃんはそんなことを言った。わたしは答える。

「してるよ、すごく。だって、こんなにわけのわからないことが起きたのは初めてだから」

十代のときから呪いや祟《たた》りを追いかけてきた。霊能者と名乗る人に何人も会ったし、心霊スポットと呼ばれる場所にひたすら足を運んだこともあった。しかし、本物かもしれない、と感じたことは一度もなかった。でもこれは違う。何かが隠れている、そんな気がしている。

「ゆうべの池でのことは?」

カナちゃんは表情を変えずにそんな質問をした。わたしはなんと返したものか迷った。怒っているふうではない。純粋な疑問のようにも聞こえる。あるいは、わたしを試しているようにも。

「あれは、なんだったんだろうね」

説明はいくらでもつけられる。池があったのだから、そこで水の音がするのは当たり前だ。水面に何かがいたように見えたのも、目の錯覚か、でなければ魚か何かが実際にそこにいたというだけのことだ。遠くから聞こえた人の声のようなものは、周辺にある民家から、話し声が響いていたと考えれば納得できる。

でも、あのとき、あの場には、それだけでは説明できない何かがあったように感じる。だけどそれは怪しい霊能力者がよく「オーラ」だの「霊感」だのと呼んでいるものである気がして、わたしの口からそんな話をするのは、さすがにはばかられた。

代わりに、当たり障りのない感想を口にした。

「変な感じがしただけ。きっと気のせいだよ」

「ふうん」

カナちゃんの声は、無関心なようにも、また不満げなようにも聞こえた。

＊

朝食を食べ終わり、宿を出たわたしたちは、町立図書館に入った。この地域に伝わる怪談や民話があれば、その中に手がかりがあるかもしれないと考えたからだ。町役場の隣に立つ図書館は、町の規模を考えればそれなりの大きさで、郷土資料も充実していた。

中でもなるべく新しい本を探した。わたしの当てにならない計算では、怪談が八板町に入ったのはどんなに古くてもここ二、三年のことだ。ところが郷土史のコーナーにはあまり新刊がないらしく、年季が入った本ばかり並んでいた。それ以前に怪談の本など一冊もない。

カナちゃんは、と捜すと、児童書コーナーで『ズッコケ三人組と学校の怪談』を読んでいる。あれはかなり居座る気と見えた。

とりあえず狗竜川の歴史でも勉強するか、と、カナちゃんの斜向《はす》かいに腰を下ろして、郷土史の棚から持ってきた本を読み始めた。

「お姉ちゃん。本好きなの？」

不意に幼い声がして、わたしはカナちゃんのほうを見た。彼女の隣に小学校低学年くらいの女の子が座っていて、カナちゃんが読んでいたはずの本はふたりの間に置かれている。どうやら、いつの間にか一緒に読んでいたようだ。

「うん、ズッコケ三人組は好きだよ」

「どのお話が好き？」

「うーん、一番は、株式会社を作る話かなあ」

なかなか渋いチョイスだ。女の子はそのお話を知らないのか、それとも株式会社という言葉が伝わっていないのか、きょとんとしている。

「あなたは？」

「エミだよ」

「そう、エミちゃんはどんなお話が好き?」

「わたしはねえ、怖いのが好き」

意外な答えに、わたしとカナちゃんは思わず顔を見合わせた。生の情報を聞き出すまたとない機会かもしれない。わたしはカナちゃんに、もっと行け、というアイサインを送った。

「そうなんだ、エミちゃんはおばけの話が好きなんだね」

「おばけじゃないよ、まっちうどんだよ」

「まっちうどん?」

エミちゃんはにやにやしている。カナちゃんから視線で意見を求められたが、急いで首を横に振った。聞いたこともない。マッチポンプという言葉と、ぐつぐつ煮える鍋焼《なべや》きうどんのイメージとが脳裏にぼんやり浮かぶ。

「それはおばけの名前なのかな?」

「違うよ。まっちうどんはね、見ると死んじゃうの」

「エミちゃん」

わたしの斜め後ろから声がして、振り返ると三十代くらいの女性が立っていた。雰囲気からするとエミちゃんのお母さんらしい。エミちゃんが嬉しそうに立ち上がる。

「あのね、お姉ちゃんに本読んでもらってた」

「まあ、すみません」

「いいんです。小さい子、好きですから」

社交辞令を飛ばすカナちゃんに向かって、さらなるサインを送る。まっちうどんのことを聞け。

「ねえエミちゃん、また、まっちうどんのお話しようね」

「あら、この子、そんな話をしたんですか？」

「エミちゃん、それが怖いらしいんですよ」

「怖くないもん」

エミちゃんは唇を尖らせて抗議する。

「でも、おばけなんでしょ？」

「違うもん」

そう言うと、お母さんは困り顔で訂正した。

「まっちうどんじゃなくて、万十堂《まんじゆうどう》です。うちの近所にあったお菓子屋さんですよ」

まんじゅうどう、を十回くらい言ったら、まっちうどん、になるだろうか。

「なんだ、おまんじゅう屋さんなんですね。今もやってるんですか？」

「それが閉店してしまったんですよ。それで、ちょっと変な噂が……」

いよいよ怪談が始まりそうな気配を察して、わたしは名刺を取り出した。怪談師、という文字のところでちょっと眉《まゆ》をひそめられたのがわかったが、そこは笑顔でやり過ごす。取材のとき、いちばん大切なのは愛想よくしておくことだ。本とか出してるんですよ、とカナちゃんがフォローしてくれた。

取材を許可してもらえたので、わたしたちは図書館の入口近くに作られた休憩スペースへ移動した。ジュースを買ってもらってごきげんなエミちゃんの横で、わたしたちは万十堂とやらの話を聞かせてもらうことにした。

「どこから話したらいいかしら」

「まずはお名前を」

プロっぽく見えるように、わたしはノートを取り出して構えた。実際はスマートフォンで録音するのであまり書く意味はない。

「北里《きたさと》です」

「サブちゃんですね」

「それは北島《きたじま》でしょ。北里は柴三郎《しばさぶろう》」

「……続けてもいいですか？」

「すみません、どうぞ」

わたしは肘《ひじ》でカナちゃんを小突いた。

北里さんの話によると、万十堂というのは老舗《しにせ》の和菓子屋で、彼女が子供の頃から営業していた。店自体はあまり流行《はや》っていなかったのだが、店主の老夫婦がやり手だったのか、不動産の収入で儲《もう》けていて、菓子店は趣味のようなものだったそうだ。

「あるとき、昔からあった木造のお店を壊して、五階建てのビルにしたんです。一番下がお店で、二階がご自宅、三階から五階はまた別の方が借りて住んでいました」

そのビルが今も残っていて、近所では「万十堂ビル」とか、単に「万十堂」とか呼ばれている。

老夫婦は悠々自適の生活だったが、時の流れには逆らえず、ある年、ご主人が病気で亡くなった。女将《おかみ》さんだけでは店を続けるのが難しくなったため、万十堂は閉店してしまった。

「それが十四、五年くらい前のことで、お店があった一階は酒屋になったり、健康食品のお店になったり、果物の直売所になったりしたんですけど、どれもすぐにつぶれてしまうんです」

それ自体はよくある話だと思った。立地の割に賃料が高すぎて回らないとか、逆に賃料が安いせいで無計画な出店が多いとかだ。

「それは要するにその」

「亡くなったご主人の祟りだ、なんていう人もいます」北里さんはやや声を低くした。「もちろん、わたしは信じてないですよ」

「祟りですか。でもまあ、お店がつぶれるくらいはよくあることですよね」

「いえ、それだけじゃないんです」

「何か事件でも？」

「人が亡くなってるんですよ。自殺です」

わたしはノートから視線を上げて、北里さんの顔を見た。怪談を楽しんでいる様子もなければ、かといって、本気で怖がっている感じもない。

「同じビルで、っていうことですよね」

「はい、上の部屋を借りていた人が」

「それは三階、四階、五階のうち……」

「全部です」

ママ、ねえ、ママ、とエミちゃんが呼ぶ。ジュースを飲み終えて暇になったらしい。あっちでまたズッコケ読もうか、と、カナちゃんが手を引いて連れて行く。

「全部の階で自殺が起きてるんですよ。これって普通じゃないですよね？」

「……ええ、まあ」

そこまで行くとむしろ、よく取り壊されないものだと思う。呪いや祟りなど信じていなくたって、さすがに気味が悪いと感じるのではないか。

「それで、昔、そこに住んでいた知り合いがいるんですけど、そこはベランダから川が見えるんですって」

川、というキーワードにわたしは反応した。

「もしかして狗竜川ですか？」

「そうですけど」

何をいまさら、という感じで言われた。この町の人にとって川といえば狗竜川に決まっているのだ。

「堤防があるので、一階と二階からは川が見えないんですが、三階より上の部屋からだけ堤防越しに川が見えるみたいなんです。それで毎日、川を眺めていると、たまにそこに変なものがいるとか」

「変なもの、ですか」

「ぱっと見た感じは人らしいんです。川の中に立って、腰から上だけが出ているような。ただ、それにしては何をするでもなく、川の中にじっと立っているだけなんですって。だから人じゃないっていうんですけど、だったらなんなんでしょうね」

あれ、だ。

「しばらく見ていると、それが何かをしゃべっているような気がする、ってその人は言ってました。ただ何を言っているのかわからないし、怖いから聞こえないふりをした、って」

「もしかすると、その声を聞いてしまった人はそこで自殺してしまうんでしょうか」

何気なくつぶやいた途端、わあ、と北里さんが両手で口元を覆う。

「さすが、怪談にするのがお上手ですねえ」

いや、最初から怪談でしたけど、と言いたいのをこらえて、万十堂ビルの場所を聞いた。スマートフォンの地図で確認すると、八板町の北のはずれに近い場所で、河童池から見てもかなり上流だった。

「そのお話を人から聞いたのは、いつ頃ですか？」

「ビル自体はずいぶん前から噂になってましたけど……最近だと、去年のお正月かしら。地区の子供会のお餅《もち》つきがあって、さっき言った知り合いと久しぶりに会ったんです」

ということは、去年の春に聞いたという池の河童の話より、さらに古い。

「さすがに今はどなたも住んでらっしゃらないんでしょうね」

「それはまあ、上の階の方はさすがにね……」

その言い方が引っかかった。下の階の人はそうでもないみたいだ。

「お店をやってらしたおばあさんは？」

「ああ、その人はまだ住んでいます。お元気みたいで」

＊

その後、カナちゃんたちが戻ってきたので、わたしたちは北里さん親子にお礼を言って別れた。うすうすわかっていたが、お母さんのほうが実はかなりの怪談好きらしく、もし本が出たら買うので教えてほしい、と頼まれた。その時は必ずお送りします、とわたしは珍しく約束した。

午後になり、わたしとカナちゃんはさっそく万十堂のビルを見に出かけた。万十堂という店自体はなくなって久しいこともあり、かなり迷ったが、川沿いを歩き回ってようやく発見できた。見た目は単なる五階建てのビルで、古めかしくはあるが、汚さはない。ただ、三階から上の郵便受けがすべて塞《ふさ》がれているのは話の通りだった。一階にはなんの店も入っていない。二階にだけ、ビルのオーナーで万十堂の元女将とおぼしき表札が掲げられている。

裏へ回ると、たしかに敷地の境界から外が、すぐ堤防になっている。三階のベランダからなら、ぎりぎり川面《かわも》が眺められるくらいの位置関係だった。

「この怪談には、共通する特徴が三つあると思うの」

わたしはそう言った。カナちゃんは黙って続きを聞いている。釣り上げると死ぬ魚以外の怪談も増えてきたことで、共通点だけを抜き出すことができるようになった。

一つ目は、狗竜川か、そことつながっている水の中から、何かが出てくる、ということ。和尚さんを襲った怪魚、池の河童、万十堂ビルから見えた謎の影。どれも出現場所は水の中だ。

二つ目は、出てきた何かが言葉を発する、ということ。これもすべての怪談に現れている。

内容がよくわからない、という点も同じだ。そしてそれは最後の特徴とも関係している。

三つ目、その言葉をしっかりと聞いてしまったものは、遠からず死ぬということ。

わたしとカナちゃんは堤防から河原に下りて、しばらく景色を眺めていた。川幅は広く、ゆるやかで、呪われた川には見えない。もっとも呪われた川の本物を見たことがないのでわからないけど。

「こういうの、怖い話の定番でもあるよね」

川に向かって石を投げながら、わたしは言った。水切りというのをやってみたかったが、実は一度も成功したことがない。

「どういうこと？」

今度はカナちゃんが、腰を沈めた、いかにもそれっぽいフォームで投げる。石は水面で四、五回ほど跳ねてから、川の中に消えた。わたしは小さく拍手した。

「川の上流で昔、凄惨《せいさん》な事故が起きていました、とかいう展開。その怨念《おんねん》が川に残っていました、みたいな」

頭の中では、わたしの両親のことを考えていた。あの川であれから恐ろしいことが起きている、という話は聞かない。いや、聞かないようにしている、というほうが正しい。

一度だけ、両親の事故が、怪談のネタにされているのを見たことがある。とある有名な動画サイトで、怪談イベントの録画を見ていたとき、関連動画のリストに、知っている地名を見つけた。凄惨な交通事故現場に残る夫婦の怨念、などという言葉が、わたしの実家がある町の名前とともに、動画のタイトルになっていた。止せばいいのに、わたしはそれを再生した。

怪談師を名乗る若い男が画面に現れた。これは実際にあった事故にまつわる話だと前置きして、得意げに語った内容によれば、わたしの両親はぐずぐずに腐った水死体の姿で、近所の子供を脅かしているらしい。そしてそれは、どうやらわたしだけ生き残ったことが許せなくてやっているそうだ。聞いているうちにはらわたが煮えくりかえってきたわたしは、途中でブラウザを閉じてしまった。

そんなふうに怒るのは筋違いだと理解はしている。同業者だし、わたしだっていつもは似たようなことをやっている。過去の事件や、他人の悲劇を掘り返して、おもしろおかしく語るのがわたしたちの商売だ。でも内心では許していない。今でも思い出すとむかむかしてくる。

実際むかむかしてきたので、もうひとつ石を投げた。それは川の中ほどに引っかかっていた流木に当たり、勢いよく跳ね返る。気持ちが表に出ないよう、別の話を始める。

「わたし、いつも思うんだけど、怪談って、だいたい死んだ人が出てくるじゃない。かわいそうな死に方をした人が幽霊になって出てきて、生きてる人を呪ったり、いたずらしたり」

「うん」

図で調べてみたところ、狗竜川は釜津市と八板町の境界の一部にもなっていて、その場所の釜津市側にある学校のようだ。すでに暗渠《あんきょ》になっているというその川も、狗竜川とどこかでつながっているのだろう。噂になったきっかけが一昨年の工事ならば時期も矛盾しない。その小学校がある場所から見て、川の反対側、八板町側にはあの万十堂ビルがある。位置的にはこちらのほうがやや上流だ。

さっそくひとつ見つけて幸先《さいさき》がよかったものの、そこから一時間ほどは何も見つけられなかった。三つの要素がどういうふうに語られるか予想できないため、思ったよりも判定に時間がかかる。わたしはちょっと休憩して、新しいメールを打ち始めた。水中から何かが出てきて、何かを語り、聞いた人が死ぬ。そういう怪談を狗竜川周辺で取材したことがないか、昇を含めて知り合いの怪談関係者にもう一度メールを送ってみた。

メールを送信してすぐ、その中のひとりから電話があった。

「もしもし、吉澤《よしざわ》です」

「あ、この間はどうも」

ジャッキー吉澤はもともとホラービデオのディレクターで、今はイベントで怪談を語ったり、ネットのホラー番組の企画や監督をしたりしている。最初は報道の仕事に憧《あこが》れて映像業界を目指した、と本人が語る通り、地方での取材や情報収集を売りにしていた。昔はチャッキー吉澤と名乗っていたのだが、権利関係の問題があって改名したらしいという都市伝説がある。

「狗竜川の件、まだ追いかけてるんだ」

実は、八板町の河童池の怪談を教えてくれたのもこの人だった。あのときは、松浦さんと別れてすぐ会場へ引き返し、帰りがけの吉澤氏を捕まえて、河童池の詳しい住所を聞いた。そのまままろくに説明せず帰宅してしまっていたので、彼のほうでは、単にわたしが狗竜川の周辺の怪談を趣味で集めている、という程度にしか理解していないはずだ。

「ごめんなさい、たびたび。協力してくれると嬉しいです」

「いいよいいよ。おれ、そのあたりが地元だからさ」

「そうなんですか？」

「言ってなかったっけ。八板町からもっと北にあるんだよ。平迫村《ひらさこ》。今は合併して釜津市平迫だけど」

「そこも狗竜川に面してるんですか」

「面してるも何も、狗竜川が山を削って出来上がった谷に人が住んでるのよ。おれもガキの頃は毎日のように泳いでたな。田舎だからさあ、中学生でも水着なんか着ないですっぽんぽんなんだよね。近所に仲のいいお姉さんがいてさあ……」

「あの、吉澤さんの青い体験についてはそれくらいで」

「アレッサンドロ・モモだね。いいよね、あれ」

無駄話に目をつぶりながら、その後も話を聞いていくと、狗竜川にまつわる怪談はかなりストックがあり、わたしの条件に合いそうなものもいくつかあるということだった。

ただ、電話やメールで伝えることはできないという。

「そこは、おれも取材元との信頼関係とか、いろいろあってさ。軽々しくはできないのよ」

「わかってます。無理を言ってすみません」

「いやいや。今は八板町にいるんでしょ？」

「ええ。しばらく滞在しようかと思っています」

「じゃ、ちょうどいいからさ、おれ、明日にでもそっち行くわ」

「えっ？」

「あのときは、ばたばたしてて打ち上げもできなかったし、久しぶりに三咲ちゃんと飲みたいしさ」

話を聞くと、どうやら実家のある釜津市で「遺産整理とかそっち系」の用事があるため、近くこちらへ来る予定だったらしい。そのついでにわたしとも会って、手持ちの怪談をいくつか教えてくれるということだ。わたしにとっては願ってもない申し出だった。

お礼を言って電話を切ると、カナちゃんが声をかけてきた。もうひとつ見つけた、と彼女は言う。

その怪談は、県道沿いにあるホテルの話、ということで始まっていた。一見すると狗竜川は関係なさそうだが、カナちゃんが地図で調べたところ、その県道というのが、狗竜川に沿って走っている道路のことであるようだった。

ある男が、ホテルに宿泊した。

風呂に入ろうと思ったが、浴室の蛇口からはお湯も水も出ない。怒ってフロントに苦情を入れた。電話に出たのは、若い男のスタッフだった。それがどうも無気力な声の人物で、待っていれば出るのではないか、という意味のことを言ってくる。男は納得できなかったが、ひとまず言われた通りにした。

しばらく待っていると、蛇口からゴボゴボという音がしてきた。直ったか、と思ってハンドルを回す。すると、うっすら濁った水が勢いよく吹き出てきた。慌ててハンドルを逆に回しても、今度は水が止まらなくなっている。またフロントに電話する。

出たのはさっきと同じ声の人物だった。相手はクレームに慣れているのか、男が怒鳴りつけてもへらへらして、真剣に対応していない感じがする。最後には疲れて電話を切った。

水は一向に止まる気配がない。排水口が詰まってしまったようで、汚い水がバスタブにどんどん溜《た》まっていくのも気持ちが悪い。このままでは溢《あふ》れてしまいそうだ。また電話しようか、それとも直接フロントまで行こうか、などと思案しながら、徐々に水かさの増していく様子を眺めていた。

ふと、濁った水の中で何かが動いた。

男はバスタブを覗き込んだ。よく見ると、水中に何か影のようなものがいくつも漂っている。蛇口から出たゴミか何かだろうか。そう思って見ているうち、影は次第に一箇所へと集まり、うごめきながら、ロールシャッハテストみたいな形を作った。やがてそれが人の顔のように見えてきて、おや、と思った瞬間、部屋の電話が鳴り響いた。

突然の音に驚いて、男は浴室を飛び出した。フロントからの電話に違いない。そう考えて出てみると、受話器からはゴボゴボ、ゴボゴボという水の音、そして、例のやる気のなさそうなスタッフが、半笑いでしゃべる声。それらが混ざって聞こえてきた。

しかもどういうわけか、さっきまでの電話ではちゃんと聞こえていたスタッフの言葉が、今はテープの早送りみたいになっていて、何を言っているのか全然わからない。耳を受話器にくっつけて、どうにか聞き取ろうとした。

そのとき、浴室から、ざばあっ、という水の音がした。まるで、風呂に浸かっていただれかが、勢いよく出てきたような音だった。

浴室のほうを振り返ると、ドアが細く開いている。そのドアの向こうに何かが立っている気がしてならない。たった今、バスタブから這い出した何か。

それがドアの隙間から、にゅっと顔を出しそうな気配。

男は悲鳴を上げ、荷物を持って、急いで部屋を飛び出した。そのまま階段を駆け下りてフロントまで行った。

フロントのスタッフに部屋で起きたことを伝えると、そのスタッフは事情を察したようにうなずいて、何も言わず別の部屋を用意してくれた。新しい部屋では何事も起きなかったが、とにかく気味が悪くて、その夜はほとんど眠れなかったという。

そして、ホテルのフロントでは、男が部屋からかけた苦情の電話を、それまで一度も受け取っていなかったそうだ。男の電話に出たスタッフらしき男がだれだったのか、結局わからなかった。


読み終えたわたしは首をかしげた。

「これ、川が出てこないよ。水は出てくるけど」

ホテルが狗竜川の近くにあるのは間違いない。これまで、この件に絡んだ怪異が起きるためには、川の水がなんらかの形で流れ込んでいなければならないと思っていた。しかし、ひょっとするとそうではなく、狗竜川の周囲にある水場ならなんでもいいのかもしれない。

「だとしたら、ちょっといい加減だね」

「……うん」

怪談なんてそんなものだ、と言ってしまえばそうなのだが、そうなると、川の流れによって何か障りのようなものが運ばれている、というわたしの仮説は怪しくなってくる。

怪談の場所を確認すると、釜津市平迫となっていた。ジャッキー吉澤の故郷の村だ。本人に会ったら聞いてみよう、とわたしは思った。

＊

昇はあれから、深夜にも一通、怪談のリストをメールで送ってきてくれていた。軽く目を通すと、わたしがあとから渡した三つの条件に当てはまる話をピックアップし、あらためてまとめてくれていたようだった。わたしは彼に感謝の言葉を伝えたくて、朝一番に電話した。

「それでね、今日は吉澤さんがこっちへ来ることになったから」

「吉澤って、ジャッキー吉澤ですか？」

昇は驚いた声を出した。

「何かまずかった？」

「いいえ。そういえば、あの人はそのあたりの出身だって聞いた覚えもあります」

「うん、釜津市みたい。それで、狗竜川についての怪談もいくつか教えてくれるって」

「実は、ぼくが送った怪談の中にも、吉澤さんが語ってたのを聞いて覚えた話が交ざってるんですよ。ひとつひとつの出典までは、時間がなくてつけられなかったですけど」

「あ、そうなんだ」

昨日、カナちゃんが見つけて、一緒に読んだホテルの怪談がそれなのかな、と思った。

「わざわざそっちへ行かなくても、メールか何かで概要だけ送ればいいのに」

「それは思ったよ。でも、あの人のこだわりみたい。面と向かって伝えたいんだって。文字だと怪談の細部が伝わらなくなっちゃうから、とかなんとかで」

「へえ、初耳ですね。あの人の怪談は昔からよく聞いてますけど、そういうストイックなことは言わないタイプだと思ってました」

「お客さんにはリップサービスで軽く見せてるんでしょう。よくいるよ、そういう人」

わたしと昇は、それから軽く今後の打ち合わせをした。わたしもカナちゃんも車を運転できないので、このまま狗竜川の上流をたどっていくとなると手が回らない。松浦さんは忙しそうだし、昇の手を借りられると助かる、ということを伝えた。彼のほうでは、大学院の研究室で抱えていた案件が思いがけず手を離れたらしく、次の機会には同行できるという。わたしはまたお礼を言って電話を切った。昇には世話になりっぱなしだ。

彼と知り合ったのも怪談がきっかけだった。何かのイベントの打ち上げに彼が来ていて、怪談に詳しい大学生、として紹介を受けた。わたしが、人が死ぬ怪談を集めているの、と言ったら、彼はその場でいくつか話をしてくれた。わたしもまだ聞いたことのない内容ばかりだったので、あとでゆっくり聞かせてほしい、と連絡先を渡した。

昇もわたしと同じように人が死ぬ怪談を集めていた。幽霊は信じていなくて、でも人の命を奪うような呪いや祟りはあるかもしれないと思っていた。わたしたちは自分自身の話をするのが苦手で、非現実的な出来事の話をするのは得意だった。一緒にいて気楽だった。そういう相手は、恋人には向かない。

だから別れたはずなのに、彼は今でもよくしてくれる。昔から人がいいのはわかりきっていたが、とくに怪談が絡んできたときは積極的にあれこれ調べてくれた。もしカナちゃんと出会っていなければ、わたしは昇を実験台にして、自分の目的を果たそうとしていたかもしれない。

実際、そういう話をしたこともある。わたしが復讐《ふくしゅう》のために怪談を集めているのだと、彼に打ち明けた日のことだ。昇は真剣な顔でわたしの話を聞き、それから言った。

「要するに、納得したいんですよね」

「納得？」

「自分がどういう世界観で生きていくのか、ってことですよ。その人を憎み続けていいのかどうか、自分でも決めかねているから、代わりに裁いてほしいんじゃないか、って」

「なるほど……昇だったらどうする？」

「同じですよ。ぼくもまずは確かめます。そいつが本当に憎むべき相手なのかどうか」

昇の言ったことはおおむね正しかったと、今になって思う。

とにかく、昇と話がついたので、その日はカナちゃんと一緒に、残りの怪談のチェックをして過ごした。途中でカナちゃんが旅館の娯楽室からオセロだの将棋だのを運んできたが、相手がわたしではまともな勝負にならず、すぐ飽きられてしまった。自慢じゃないが、わたしは昔からゲームと名のつくものはすべて苦手だ。ババ抜きすらできない。

午後になって、今度は吉澤氏から電話があった。彼はもう釜津市に着いていて、用事とやらを片付けたあとのようだった。

「駅前の店を予約しようと思うんだけど、こっちまで来られる？」

「はい、伺います」

「よかった。とっておきのところへ連れてくからさ、おしゃれしてきてよ」

夕方、わたしはカナちゃんに留守番を頼んで、宿を出ようとした。ところがカナちゃんは、釜津へ行くなら自分も一緒に行きたい、という。駅前で買いたいものがあるから、と。たしかに、釜津駅の周りには百貨店や大型スーパーがいくつかある。八板町のほうには、買い物を楽しむような場所があまりない。断る理由もなかったので、部屋の鍵《かぎ》を宿に預け、一緒に出かけることにした。

別に吉澤氏に言われたからではないが、わたしはスーツケースの奥に忍ばせておいたよそ行きのブラウスとフレアスカートに着替えていた。カナちゃんのほうはいつもの薄汚いジャンパーを羽織って、ポケットに手を突っ込んだまま、子供みたいに電車の窓の外を見ている。

「何を買うの」

「枕と、化粧水と、数独の本」

リアル脱出ゲームの手がかりみたいな組み合わせだ。

「わたしじゃ、暇つぶしの相手にならなかった？」

「うん」

はっきり言われてしまう。もっとも、今日一日、カナちゃんが退屈しているのは横で見ていてもわかったから、何も言わなかった。滞在中、よく晴れた日があったら、怪談は別にしてカナちゃんと釣りに行こうかな、と思った。

釜津駅には先日、昇とふたりで来ていたから、吉澤氏の指定した待ち合わせ場所の噴水はすぐにわかった。近づくと、いかにも業界人風のハンチング帽をかぶった中年の男がいて、片手を上げて挨拶《あいさつ》してきた。彼だ。わたしも軽く会釈する。

と、急にカナちゃんがわたしのスカートの裾《すそ》を引っ張ってきた。

「わたし、もう行くから」

「そう？」

せっかくだから吉澤氏のことを紹介しようと思っていたのだが、どうしてもというわけじゃない。

「じゃあ、八時に改札の前で」

わたしがそう言うとカナちゃんはうなずいて、駅ビルのほうへ歩いていった。ちょっと唐突な感じもしたけれど、まあ、カナちゃんはいつもあんな感じだったかもしれない。わたしは気にせず吉澤氏に挨拶した。

「あの子、知り合い?」

百貨店の入り口をくぐっていくカナちゃんの後ろ姿を見ながら、彼が尋ねた。

「言ってませんでしたっけ。わたしの同居人ですよ」

「女ふたりで住んでるの?」

「ええ」

ふうん、と吉澤氏は含みのある声を出す。わたしはいぶかしんだが、何も言わなかった。わたしたちの関係が珍しいものだということはわかっていたし、必要以上に詮索《せんさく》されたくはない。

「ま、とりあえず行こうか」

そう言って彼は歩きだした。

釜津駅の裏手にはいかにも観光地風のレトロな飲み屋街が広がっていて、吉澤氏の行きつけだという店は、その中にある一軒のバーだった。店内にオーク樽《だる》が並べられた雰囲気は割と都会的で、この街にしては少し浮いて見えた。

「いい店でしょ、ここ」

「渋谷《しぶや》か六本木《ろっぽんぎ》に来たみたいですね」

「オーナーがもともと東京の店でバーテンダーやっててね。おれはその頃からの知り合い」

わたしと吉澤氏はカウンターに並んで腰かけた。近づいてきた店員に、吉澤氏が言った。

「ズブロッカのソーダ割り。二杯」それからわたしのほうをちらっと見る。「嫌いじゃないでしょ？」

「ええ、まあ」

わたしは、早く本題に入ってほしかった。

吉澤氏はウォッカを飲みながら上機嫌で、最近の仕事や、ホラー業界の話などをしていた。それでも、おかわりを飲み干す頃になって、ようやく今宵の目的を思い出したようだ。すでに顔は真っ赤になっている。

彼は肩にかけていたバッグの中から新書サイズのノートを取り出す。かなり使い込まれているらしく、間に挟まれた資料やメモらしき紙のせいで二倍ほどに膨れ上がっている。

「これ、おれのネタ帳……の中でも、釜津や八板で調べるとき使ってる本」

要するに、地域別で取材ノートを作っているという意味らしい。

「えっと、狗竜川の話だったよね」

「そうです。とくに、八板町より上流の話があれば」

「これなんかどうだろう。ビジネスホテルの風呂からなんか出てくるって話」

「あ、それはもう知ってます」

「え？」吉澤氏はちょっと不満そうに鼻を鳴らした。「おれが自分で取材したオリジナルのはずだけど」

「吉澤さんのライブによく行ってた知り合いから聞いたんです。ご存じないですか、西賀昇っていう」

「ああ、あいつか。たしか、怪談ライブの主催とかやってるでしょ」

「そうですすか？」

初耳だった。わたしと知り合う前のことだろうか。

「おれも何度か呼ばれたよ。いや、ノリのいいやつなんだ。二次会でさ……」

「あの、それで、この怪談についてはどう思いますか」

わたしは話の腰を折った。昇の意外な一面についても知りたいのはやまやまだったが、今はそれどころではない。

「うん、そう、この話はガチだよ。おれも実際、このホテルの同じ部屋に泊まってみたんだよね」

「どうでした？」

「なんも起きなかったよ。だけど、その場の瘴気《しょうき》っていうのかな、普通じゃないオーラみたいなのをビシビシ感じたなあ」

酔った赤ら顔で鼻息荒く言われても、あまり信憑性《しんぴょう》がなかった。わたしは疑問に思っていたことを聞いてみた。

「蛇口から出てきた、汚れた水っていうのはなんだったんでしょうか。水道水じゃなさそうですけど」

「おお、鋭い。いいところに気がついたね、さすがだなあ」

そう言うと吉澤氏はどういうわけか、わたしの背中をぽんぽんと叩いてきた。さりげなくその腕を肘で押しやり、続きをうながす。

「いつもは土地をぼかすために説明しないいんだけど、そのホテルっていうのが、旧館と新館とに分かれてるんだよ。この怪談が伝わってるのは旧館のほうで、そこは水道じゃなく、地下から水を汲《く》み上げて使ってる」

「本当ですか?」

ちょっと信じられない。衛生的に問題がありそうだ。

「厨房《ちゅうぼう》やレストランなんかは新館にあって、さすがにそっちは水道水だよ。おれが泊まったときにも、風呂の水は飲まないでくださいい、って書いてあった」

「でも川の近くに建ってるんですよね。ということは、地下にも川の水が……」

「まあ、可能性はあるだろうね。だから泊まるのはおすすめしないね」

「それ、いつ頃の話ですか?」

「おれが噂で聞いたのは四年くらい前かなあ。その次の年に泊まりに行ったんだよね。そこでいろいろ話を聞いた」

つまり三年前、二〇一七年頃に語られた怪談ということになる。八板町からの距離を考えると、少し移動速度が落ちている。

「それにしても、狗竜川の怪談を集めるなんて、おもしろいこと考えたね。おれ、地元の人間だけど、そんなこと考えたこともなかったよ。だいたい、そんなに数があるかな？」

「そうですか？」意外だった。「このあたりって、昔から怪談の多い土地ってわけじゃないんですね」

「ないない。よく聞くようになったのはここ十年くらいだよ。その前に心霊スポットブームみたいなのがあってさ。県外の連中がネットでやりとりして、廃墟だのトンネルだのに集まって荒らすようになったの。その時期からだと思うよ」

吉澤氏によれば、二〇〇〇年代にインターネットの一部でそういう悪ふざけが流行りだしたらしい。実在する場所や地名を挙げて、そこで恐ろしい体験をしたとか、危ない場所だから近づくなとかいう情報をインターネットに書き込む。もちろん事実無根なのだが、それを本気にした人や、その「祭り」に加わろうとする人が実際に現地を訪れ、またその体験談を書き込む。

「おれもこんな仕事してる手前、大きな顔はできないけどさ、住んでる人にとっちゃいい迷惑よ」

「本当ですね」

「三咲ちゃんも気をつけなよ。おれは常々言ってるけど、怪談っていうのはぶっちゃけて言えば、根も葉もない話で人間の妄想を煽《あお》って興奮させるって遊びだろ。倫理観のないやつにとってはクスリ売ってるのと同じなんだから」

「はい、肝に銘じます」

ウォッカのおかわりを頼みつつ、説教めいた話を急に始めたところを見ると、吉澤氏はそろそろ酒量の限界に近づきつつあるようだ。わたしは最後に、この件について、もっとも気になっていることを尋ねてみた。

「吉澤さんは、怪談同士がつながっていくって体験をしたことないですか。直接のつながりはないはずなのに、なぜか同じモチーフの怪談が少しずつ違った場所に現れる、みたいな」

「あるよ、ある。しょっちゅう」

彼はカウンターになかば顔を伏せながら、眠そうな声で答えた。

「そんなにですか?」さすがに、しょっちゅうある、とまで言われるとは思わなかった。

「何が原因なんでしょう?」

「それはさ、おれたちのほうにあるのよ。バイアスが」

「バイアス?」

「こういう画《え》が欲しいな、と思ってカメラ回すとさ、もうそういう画しか撮れないのよ。こっちが合わせに行っちゃってんの、そういうときは」

要するに、わたしの思い込みだ、ということを言いたいようだ。不思議と似たような怪談があるのではなく、似たような怪談を無意識に探している。一見して無関係に見えるものでも、箇条書きで共通点を挙げると似ているように見える、という、よくある錯覚なのだと。

それが一番ありえそうな答えだ。いつものわたしだったら、真っ先にそれを思いつく。そんな答えだっただけに、わたしは複雑な気分だった。

吉澤氏は、その後もウォッカを舐《な》めながら、愚痴のような小言のような話を延々としゃべった。それに一時間ほど付き合わされたのち、完全に酔いつぶれた吉澤氏を抱えながら、わたしは店を出た。

「大丈夫ですか、歩きますよ」

「うー」

たぶん駅があるだろうという方角へ向かって歩く。正直、わたしもそれなりに酔っている。

「ああ、そこ右」

「え、こっちですか？」

反射的に曲がると、薄暗い路地だった。店などはなく、黄色っぽい古びた街灯がぽつんとあるのが唯一の明かりだ。その路地の途中まで進んだところで、わたしは聞いた。

「この道で合ってますか？」

「合ってる、合ってる。二軒目行くから」

「冗談ですよね」

わたしは呆《あき》れた。吉澤氏は完全にできあがっていたし、それでなくとも、カナちゃんと改札で落ち合う約束がある。

「だめですよ。わたし、連れがいるので」

しかし、吉澤氏はいやいやをするように首を振る。

「いいじゃん、マホちゃんも呼んでさ。三人で楽しくやろうや」

「マホちゃんって、いったい、どこの店の女の子と間違えてるんですか」

「違うよ、あの子、マホちゃんだろ。おれ、知ってるよ。あの子の店に通ってたもん」

「ええ？」

本当に飲みすぎですよ、と声をかけようとしたところで、彼がわたしの腕を摑んだ。突然の動きに意表を突かれて、足がもつれてしまう。そのまま壁にもたれかかると、さらにその上から、吉澤が覆いかぶさってきた。

「ちょっと、やめてください」

「これくらい、いいだろうがよ」

顔のすぐ横でささやかれた。なまぐさい息が顔にかかるせいで、喉《のど》が詰まりそうだ。

「三咲ちゃんもいい歳なんだから、そろそろこういうの覚えないとさあ」

どうしよう。叫んで助けを呼ぶべきなのはわかっているのに、声がうまく出ない。不意打ちだったから心の準備ができていない。アルコールで頭がぼうっとしている。冷えた汗が背中を伝っていくのがわかる。

「マホちゃんはキスくらいさせてくれたよ。三咲ちゃんだって初めてじゃないだろ?」

唇が近づいてくる。嫌だ。逃げなきゃ。でも下半身を太ももで挟まれて動かせない。吉澤が体を押しつけてくる。汗の匂い。吐き気がする。わたしは顔を背け、目を閉じる。

次の瞬間、いてっ、という声がした。同時に、彼の体がわたしから離れた。

おそるおそる目を開けると、吉澤が頭を押さえてその場にうずくまっていた。だれかが立っている。その人は、手に持っていた空き瓶のようなものを、吉澤の背中めがけて思いきり投げつけた。

カナちゃんだった。そしてわたしのほうを向く。

「なんで、なんで?」

「三咲、遅いよ。もう八時半じゃん」

吉澤がうめき声を上げ、ゆっくり体を起こす。それに気づいたカナちゃんはキックで追い打ちを浴びせる。それから、さっき投げた瓶を拾ってまた吉澤の後頭部に振り下ろそうとするので、さすがにそれは止めた。

「カナちゃん、もういいから」

「よくないよ、こいつ、三咲にあんなことして」

「でもそれ以上やると捕まっちゃうって」

「松浦さんが無罪にしてくれるでしょ？」

弁護士というのはそんな都合のいい職業ではない。

「もう大丈夫だから、一緒に帰ろう。ね？」

わたしがそう言うと、カナちゃんは渋々といった様子で空き瓶を捨てた。わたしはカナちゃんに手を引かれ、その場から逃げ出す。心臓が痛いくらいに高鳴っている。

商店街を抜けて、駅が見えてくるまでの間、わたしたちはずっと手をつないでいた。カナちゃんは何も言わないのでわたしがしゃべり続けた。自分の中の動揺を抑えるように。

「なんかさ、最初の電話のときから怪しいと思ってたんだよね。急にピンク映画の話とかするし、いやまあ、最初はわたしが振ったんだけど、それにしてもさ」

カナちゃんは黙っている。

「いやびっくりした、ほんとに。あんなことする人いるんだと思って……そりゃ、結構アングラな業界だし、探せば組関係の人とかもいるけど、それはそれでさあ……」

「ごめんね」

駅前の、来たときに別れた噴水のそばまで来たところで、カナちゃんは握っていたわたしの手を離し、そう言った。どうしてカナちゃんが謝るのだろう、と思った。心配をさせたのはわたしなのに。

「わたし、あの人のこと、知ってたんだ。ああいうことする人だってことも知ってた。でも言わなかったの」

「わかんないよ、カナちゃん。どういうこと？」

「マホって言ってたでしょ。あれ、わたしの名前。キャバクラで働いてた頃の」

カナちゃんは、わたしと出会う少し前のことを教えてくれた。一時期、彼女は新宿《しんじゅく》でホステスをしていて、そのとき、客として来ていた吉澤と何度も会っていたらしい。

「だから、わたしのせい」

「ちょっと待ってよ、なんで……言ってくれてもよかったのに」

「怖かったの。わたし、たくさん隠し事してるから。三咲にまだ言ってないこと、数え切れないほどある。もっとびっくりするようなことだって……」

「そんな」

気にしないのに、なんて言えなかった。現にわたしだってカナちゃんにまだ大切なことを話していない。両親を事故で亡くしたことも、わたしだけ生き残ってしまったことも、幽霊になって出てきてほしいと願って、でもそんなもの現れなかったことも、人が死ぬ怪談を見つけて、それをどうしたいのかってことも。

秘密だらけだ。わたしはカナちゃんの本名も知らなかったし、カナちゃんだってわたしに嘘ばかりついている。それでもお互いに気にしなかったのは、ただ楽しかったから。怪談と同じだ。危険を感じながらふざけあってぞくぞくする。それがわたしとカナちゃんとの生活だった。

もうやめなきゃ、とわたしは言った。

「え？」

「こんなこと、もうやめなきゃ。呪いや祟りがあったってなくたって、どっちでもいい」

「怒ってるの」カナちゃんは真顔で言った。「わたしが三咲を守らなかったから」

おかしな言い方だと思った。カナちゃんは何も悪くないのに。

「違うよ。カナちゃんはちゃんと助けてくれた。でも、いつかカナちゃんが怖い目に遭ったら、わたしは守ってあげられない」

カナちゃんのことを知らないから。どこから来て、何をするつもりなのかわからないから。

「大丈夫だよ。それに、自分でなんとかできる」

「できないよ」

「できるよ！」

周りを歩いていた人たちが一斉にわたしたちのほうを向いた。人の流れが一瞬だけ止まって、すぐ元に戻る。駅舎の向こうからは発車ベルが聞こえてくる。

「心配しなくたっていいよ。わたしも三咲も、ちゃんとやれてたよ、一年も。これからだってうまくいく」

「でも」

うまくいくということは、いつか本物の霊障が見つかって、カナちゃんは死ぬということだ。でも、本当にそれがわたしのしたいことなんだろうか。

どこかふわふわした気持ちのままで生きてきた。怪談を追いかけている間だけは、両親のことも、事故のつらさも、自分自身の胸の痛みも忘れていられた。でも、どうしてだろう。だれに言われてもなんとも思わなかったのに、今は、自分を疑っている。このままじゃいけないって思い始めている。

涙が止まらない。

もしかすると、わたしは今、自分の生き方を後悔している。

＊

「それで」と、松浦さんはあくびまじりに言った。「おれはどっちの役をやればいいんだ？」

早朝の青ざめた光の中で見る狗竜川は、音もなく、まるで眠っているみたいだ。わたしは電話を耳に当てたまま、堤防の上を歩いた。どこかへ向かっているわけでもないのに、そうせずにはいられなかった。

「どっちの役って?」

「その通りだと言ってやりゃいいのか、それとも止めたほうがいいのか?」

わたしは唇を噛《か》んだ。

「そんな言い方しなくたって」

「こんなことはいいかげん諦《あきら》めろ、っておれが会うたびに言っても聞かなかったじゃないか」

「逆に聞くけど、松浦さんに何か言われて、わたしがその通りにしたことがあった?」

そう口答えすると、松浦さんはわざとたっぷり間を空けてから答える。

「ないな、不思議なことに」

松浦さんと初めて会ったのは、両親が死んでしばらく経った頃のことだった。

その頃、まだ大手事務所に就職したばかりの新米弁護士だった松浦さんは、激務の合間を縫って、勉強のため、手当たりしだいに裁判を傍聴していたそうだ。その中に、わたしの両親の命を奪った、あの男の公判もあった。

審理の様子を見て、メモを取る間、松浦さんの頭にあったのはわたしのことだったという。家族を一度に失った少女。たぶん、法律はその傷を癒《い》やしてくれない。それが魚の骨みたいにずっと引っかかっていたんだと、いつだったか酔っ払った松浦さんから聞いた。

松浦さんは、わたしに会うため渡りをつけてくれる人を探した。偶然にも、わたしの叔父と松浦さんは高校が同じで、どちらも野球部のＯＢだった。そういうわけで、松浦さんはわたしに会いに来た。

誠実な若い弁護士が、見知らぬ他人の死に心を痛め、大きなぬいぐるみとケーキを持って、遺された小さな女の子を慰めに来る。彼女は感動して涙を流し、別れ際に、彼の頬にキスをする。

もちろん、そんなことにはならなかった。

「腹が立ったよ。人の顔を見るなり帰れだのなんだの、挙げ句にはケーキを投げ捨てやがって」

「今でも怒ってる？」

「いいや。ありゃ、どう考えてもおれが悪い」

行きがけの駄賃よろしく、無遠慮に投げつけられる憐《あわ》れみや同情に、ほとほと嫌気が差していた時期だ。松浦さんの訪問はわたしにとって、そういう連中がまたひとり増えたというだけだった。

そんな最悪の出会いをしたにもかかわらず、松浦さんはわたしのところに通い続けた。

「もう意地だったな。先輩に頼んで、どうしてもお見舞いしたいと頼んでおきながら、女の子の反応が思ってたのと違うんでやっぱりやめます、なんて言えるわけないからよ」

初めはわたしも無視していた。しばらくすると、話してもいいかな、と思うのだが、最初は冷たくしていた手前、急になれなれしくするのも気が引ける。半年くらいは根比べが続いた。

夏のお盆の時期のことだ。スイカを手土産にしてやってきた松浦さんと、お昼ごはんを一緒に食べた。わたしは、そうめんをすする彼のことを無視して、ずっとテレビを見ていた。するとちょうど心霊特番が始まった。熱心に眺めているわたしに気づいて、松浦さんが話しかけてきた。

三咲ちゃんも幽霊とか信じてるんだなあ。

その一言がきっかけで大激論だ。わたしは否定派、松浦さんは肯定派。昔からいろいろな話があるのだからきっといるに違いない、と松浦さんが言い、霊魂だけの存在が物質に影響を及ぼすのは科学の法則に反するとわたしが言った。感情が昂《たかぶ》りすぎたわたしは泣き出し、しゃっくりが止まらなくなり、叔母《おば》に抱えられて退場した。

それから、わたしと松浦さんは普通に会話するようになった。幽霊を本気で信じている松浦さんにならば、呪いや祟りの話をしてもいいとわたしは思ったのかもしれない。過去の事件や事故について、厄介な調べ物を頼むようにもなった。学校でのことや、友達のことを相談するようになり、卒業してからは仕事のことや、法律にかかわることについても——ちゃんとした内容は有料だというのでちょっとだけ——相談するようになった。昇とのことも、カナちゃんとのことも相談した記憶がある。人生とは何か、みたいなテーマ以外はたいてい相談したはずだ。

そして、今も人生については相談していないが、似たようなことを相談している。

「怪談を追いかけるのをやめたとして、それからどうする？」

「わかんない」

「怪談師以外にできる仕事なんてないだろ」

「あるかもしれないじゃない」

「なんだ？」

「ええっと、フードコーディネーターとか？」

わたしの答えを、松浦さんは無視した。

「だったら、例の件ももういいのか？」電話の向こうで慎重に言葉を選んでいるのが伝わる。

「犯人の男のことは、もう許したのか？」

そんなわけない。許すことも、忘れることもできない。でも、だからといって。

「起こりもしないことに期待して、一生を費やすのはやめたの。ましてや、怪談なんてくだらない趣味のために」

「……本当に何があったんだ？」

昨夜、あいつとの間で起きたことは、松浦さんには言っていない。言えば、仕事で付き合いがあるとかいう怖い事務所の若い衆を二、三人引き連れて吉澤を襲撃するかもしれないが、そんなことを望んでいるわけではなかった。

「だから、松浦さんにはいつもの役をやって欲しくて」

「くだらないことはやめろ、って引き止めるほうか？」

「そうじゃない、わかってるくせに」

日が出てきた。川面のきらめきがまぶしい。遠くから海鳥の声が響く。海辺の街の夜明けだ。

「まあ、なんでもいいさ」

松浦さんはまたあくびをして、それから答えた。

「怪談じゃなくてもいい。おもしろい話ができたら、また聞かせてくれよ」

「……うん、約束する」

電話を切ったあと、河原の土手にしゃがんで、わたしは少し泣いた。それからゆっくり立ち上がり、とぼとぼと歩き出した。

わたしの決意は徐々に固まりつつある。でも、絶対に話し合わなきゃいけない相手がいる。カナちゃんだ。彼女が納得してくれないなら、そして、できれば彼女も呪いで死ぬのを諦めてくれないなら、わたしひとりが怪談を捨てたってなんの意味もない。

カナちゃんとは、あれからほとんど口を利いていない。昨夜、釜津の駅から電車に乗って、宿に帰ってくるまでの間、カナちゃんは黙ってわたしの体を支えてくれていたけど、話らしい話はしなかった。部屋に着いて、わたしがシャワーを浴びている間にカナちゃんは寝てしまっていた。わたしはとても眠れなかったので、広縁に座ってずっと考え事をしていた。

人が死ぬ怪談を集めるのは、もう終わりにしたい。カナちゃんと普通の暮らしがしたい。呪いも祟りも関係ない、ありふれた女友達として。

だけど、カナちゃんもそう思ってくれているかどうか、わたしにはわからなかった。

ポケットの中で、スマートフォンがまた振動する。吉澤はあれから着信とメッセージを何度か入れてきていた。わずらわしくなったので明け方に拒否設定をしたが、どうやら共通の知人にも連絡しているようだ。メールが何通か届いている。事情を察して心配してくれる人もいれば、だれそれは吉澤の言い分を信じてわたしをなじっていたなどと、わざわざ報告してくれる人もいる。反吐《へど》が出そうだ。

まとめて消してしまおうか、と思って画面を見ていると、昇からの不在着信がいくつかあることに気づいた。深夜から電話をくれていたらしい。一番新しいのは四十分前だ。ちょっと迷って、こちらから折り返した。

「もしもし」

「あっ、丹野さん、大丈夫ですか?」

「うん。ていうか、昇くんも聞いたんだね」

「例のあの人から、えらい長文のメールが届きましたよ。内容は言いませんけど、一斉送信してるみたいです」

「ごめん。心配かけて」

「謝るのはこっちのほうですって。あの人のセクハラは有名でしたからね。夜にふたりきりで会うんだと知ってたら、絶対に止めたのに」

そういうゴシップはわざと耳に入れないようにしていた。業界の人間関係にそこまで深入りするつもりもなかったし、面倒だったからだ。それがそもそもの間違いのもとだった、と今は思う。

「昨夜から何度も電話してくれてたんだよね。ついさっき、やっと気づいたの」

「気にしなくて大丈夫です。それに、もう乗っちゃいましたから」

「乗っちゃった？」

「高速バスですよ」昇はこともなげに言う。「朝のうちには着きます」

＊

旅館に戻り、カナちゃんと一緒に朝食を済ませてから、わたしは、昇を迎えに行く、と言って出かけた。本当は彼が到着するまでまだ時間があったのに、嘘をついた。カナちゃんと一緒にいても、何を話せばいいかわからなくなりそうだった。

カナちゃんは、昨夜のことは何も言わなかった。怪談を追いかけるのはやめにしたい、と、わたしはカナちゃんに伝えたかった。この怪談だけでなく、他のどんな呪いも祟りも、探したり試したりしない。もうそんなことはしたくない。

何より、カナちゃんにさせたくない。でも、結局は言えなかった。言えば、それはもう決まってしまうような気がした。カナちゃんがどちらを選ぶにせよ、わたしたちはもう元のままではいられないはずだと。

高速バスを釜津で降りて、電車に乗り換えたという昇は、あらかじめわたしに伝えていた時刻より三十分も早く駅に着いた。改札の前で待っていたわたしに気づくと、彼はちょっと驚いた顔をして、それから笑った。

「どうして来たんですか。旅館で待っててくれれば」

「今はカナちゃんのそばにいたくないの。気まずくて」

「……何かあったみたいですね。あのこと以外に」

「原因は同じなんだけどね」

ひとまず、どこかの店にでも入りましょう、と昇が言った。朝食がまだなんですよね、と付け加えたが、手にはハンバーガーチェーンの紙袋が握られている。彼にとっては朝食のうちに入らないのだろう。

わたしたちは駅前の喫茶店に入った。名古屋《なごや》の喫茶店文化はぎりぎりこのあたりまで広がっているようで、昇は豪華なモーニングセットを喜々として注文した。

彼の空腹が癒やされたところで、わたしは、昨日の夜、自分の身に起きたことを少しずつ語った。吉澤とふたりで出かけたこと。帰り道で襲われかけたこと。カナちゃんがわたしを守ってくれたこと。そしてわたしは、人生を後悔して、今もしてるっていうこと。

話し終わると、昇は難しい顔でわたしを見つめ返した。

「この業界に失望した、っていうことですか。ああいう種類の人間と一緒に仕事をすることが堪えられなくなった、と」

「正直、それもある」わたしは紙ナプキンをちぎりながら答えた。「でも、それは単なるきっかけっていうか」

「ぼくたちがまだ付き合っていた頃、昔のことも教えてくれましたよね。ご両親のこととか」

「そうね」

「あの気持ちは、今はもうないってことですか？」

「同じこと松浦さんにも言われた。みんな、それを持ち出せばわたしの気が変わるって思ってる？」

「滅相もない」

わたしの意地悪な混ぜっ返しを、昇は急いで打ち消した。

「心配なんですよ。丹野さんが納得しているならいいんですが、あんな男に自尊心を傷つけられたせいで、好きだったはずのものまで手放そうとしているんじゃないかと」

「うすうす、こうしなくちゃいけない気はしてたの。いつまでもいじけた子供の真似はできないって。わたし、もうアラサーだよ？」

とりとめもないわたしの、独り言のような考えを、昇はまるで自分のことのように、真剣な表情で聞いていた。

「わたしはずっと逃げてたんだよ。お父さんとお母さんが死んで、ひとりで生きていかなきゃいけないって事実から。だから怪談を集め始めたの。それを集めている間は、前に進まなくて済むから」

「そうでしょうか」

昇はわたしから目をそらし、テーブルの上の一点を見つめたまま答える。

「そのどちらかじゃなきゃいけないんでしょうか。逃げながら前に進んだって、ぼくはいいと思いますけど」

「昇くんにもそういう経験があるの？」

「ありますよ」

そう答えてから、昇は少し逡巡《しゅんじゅん》していた。話すべきかどうか迷っているようだ。でも、やがて彼は話しだした。

「ぼくの妹は、一時期、学校に通えなかったことがあったんです。今も似たような状態で、普通の生活はできていません」

「……そうなんだ」

妹がいるということは聞いていたけど、そんなふうになっていたとは知らなかった。

「ただ、あの子がそうなった理由がよくわからないんです。でも見当はついてます。だから、いつかそれを確かめるチャンスが来たらいいと思って」

「チャンス？」

「ちょっとした実験みたいなものです。怪談を追いかけて、あちこち巡り歩いていれば、いつかそういう機会もあるかな、と。まあ、勝手な願望ですね」

「ふうん」

彼の言いたいことはよくわからなかったが、彼なりに何かを模索している途中なのだろう、ということは察せられた。それが怪談とどう関係しているのかはわからないし、ひょっとしたら、なんの関係もない事柄かもしれないけど。

「今朝、こっちまで来たのも、実を言うと昨夜の件とは関係ないんです」

「え？」

「すみません、丹野さんのことは心配だったんですが、どっちにしても、すぐ来たほうがいいと思ったんです。これを見つけたので」

昇は持ってきていたバッグの中からノートパソコンを取り出して、テーブルの上に置いた。何か操作をしてから、画面をこちらに向けてくる。

ウェブサイトのようだが、とても古い作りだ。ブログではなく、いわゆる「ホームページ」というか、個人が書いた文章をそのまま掲載している昔ながらのサイト、というふうに見える。ページ上部にはタイトルとおぼしき「噂の真相究明部」という文字がアニメーションしている。

「このサイトですが、二〇一四年に更新停止しています」

「思ったより最近だね」

「ええ、もっと古く見えますよね。サイトが設置されたのは二〇〇三年か、その前後のようです」

であれば十年以上も運営されていたことになる。ものすごく長いわけではないが、趣味でやっているにしては労力がかかっている。

「なんのサイトなの？」

「いろいろです。普通の日記もあれば、アニメや漫画のレビューがあったり、ドット絵のアイコン素材を配布してたり、ブラウザ上で自作のゲームが遊べたり。サイト全体を何かの組織に見立てているらしくて、ゲームがあるページは『遊戯開発部』とか、そんな名前がついています」

聞いているだけでノスタルジックな気持ちになるコンテンツばかりだ。

「いま開いているのは『噂の真相究明部』というページですが、これは都市伝説とか、歴史上の陰謀説とか、そういうのを調べていくコーナーだったようです。中身はちゃちですよ。タイタニック号は保険金のために沈められたとか、一万円札にはフリーメイソンの記号が入ってるとか、どれも怪しいソースを切り貼りしてるだけです」

「でも、よくあったよね。なつかしい」

「で、二〇一四年、つまりサイトの更新が途絶える直前、最後に作成されていたらしきページがこれです」

昇がトラックパッドを操作すると、画面が切り替わり、次のページが開いた。見出しにはこう書かれている。

「釣ったものに死をもたらす魚の怪異……?」

「キーワードが微妙に違っていて、なかなかヒットしなかったんですよ。見つけてもこのページだけなぜかリンク切れになっていて。ようやく昨日、キャッシュを引っ張り出せたんです」

わたしはページに書かれている文章を目で追った。

静岡県のK川には、釣った者が謎の死を遂げるという恐ろしい魚の伝説があるようです。

管理人が旧Ｈ村で調べたところ、魚を釣って持ち帰った村人の家で、次の日の朝、家族全員分の死体が発見された、という事件の記録がありました。この事件について、何か情報を持っている方は掲示板に書き込みお願いします。

「Ｋ川というのは狗竜川のことですよね」

「うん。それで、Ｈ村というのは平迫村のことみたい。これって続きはないの？」

「ここから何回か更新されて、記事が追加されてました。この管理人も丹野さんと同じことを考えたようで、調査地点が上流に移動してます」

そう言って、昇は次の記事を開く。

前回お伝えした魚について、訪問者さんから情報提供がありました。どうやら、この地域では最近、魚だけでなく、川や水に浮かぶ奇妙な物体の姿が頻繁に目撃されているようです。色は白く、ぶよぶよした肉塊のような姿で、水死体と間違えられて通報されたケースもあると聞きます。もちろん、川のどこを捜してもそんなものは見つかりません。こちらは実際のニュース記事です。

「貼られていたのはウェブニュースのＵＲＬですけど、記事自体は削除されてました」

この記事によると、長野県M村から、静岡県の旧S村にかけて、同様の目撃証言が相次いでいるということです。記事に書かれているような、動物の死骸《しがい》、あるいは産業廃棄物といった説はすべて誤りでしょう。もしそんな正体なら、捜しても見つからないというのは不自然です。

管理人の考えでは、こうした物体はさらに上流のどこかから意図的に流されているのです。実は、K川が流れている長野県南部には、かつて殺人や傷害事件を何度も引き起こしたあのY会の拠点がいくつもあります。マスコミはこの事実をまったく報道しません。わたしの説も憶測の域を出ませんが、言及しただけでも危険なほど恐ろしい真実がこの国には現に存在しているのです。みなさんはくれぐれも長野県のAやTで始まる地名にお気をつけください。わたしはすでにいくつかの「警告」を受け取っています。おそらく彼らの——

いったんはそこまで読み終えて、わたしは音を上げた。

「もう伏せ字だらけでわけがわからないよ」

「ええと、まず静岡県旧S村というのは、やっぱり釜津市と合併した旧下吉《しもよし》村のことです。その次に出てくる長野県のM村は、三井田《みいだ》村といって今もある村です」

「Y会っていうのは？」

「友縁会《ゆうえん》、正式名称は万国八方《ばんこくはっぽう》友縁会というそうです。日本中に自給自足の村を作って、社会の変革に備えた新しい生き方を広めるための団体ということですが、まあ、ざっくり新興宗教の一種です」

「聞いたことないなあ」

「マイナーですからね」

昇の情報によると、この友縁会という団体は、一九九〇年頃には、会員やその家族に対する虐待だの、詐欺疑惑だので話題になっていたらしい。その後、元会員たちが起こした集団訴訟に敗れたり、オウム真理教の事件がきっかけで宗教やカルト団体に対する社会の目が厳しくなったりしたことから、最近ではほとんど活動していないそうだ。

「ただ、今でも会員たちが共同生活している村があって、長野県内にも二箇所あるんです。ひとつは、長野県稲里《いなさと》市にある浅沼《あさぬま》ビレッジ、もうひとつが、同じ稲里市にある時任《ときとう》ビレッジ」

「近いんだ」

「互いに五キロくらいしか離れてませんからね。これが記事に出てくるAとTの意味だと思われます」

わたしはパソコンの画面に目を戻し、さらに続きを読んだ。

管理人は、K川で目撃されている異様な物体の正体は、Y会が密《ひそ》かに作り出している生物兵器ではないかと考えています。持ち帰った人間が死亡し、物体そのものはすぐに溶けて消滅するなど、兵器としてうってつけの特徴でしょう。実際、すでに廃墟となった東北のY会の村では、次のような奇妙な出来事があったということです。

何もいないはずの畜舎から人でも獣でもない叫び声が聞こえた。

施設の外壁に、中のどの部屋ともつながっていない謎のドアがあった。

夜になると周囲の山で発光現象が目撃される。

また、K川で発見された白い肉塊のようなものが、人間の言葉を話していた、という証言もあります。あの物体は、人体実験で犠牲となった人々の成れの果てではないか、というおぞましい想像もできるでしょう。

「人間の言葉？」

「そうです。丹野さんが見つけた、三つの特徴のひとつです」

「あの怪談は二〇一四年に、長野県から静岡県に入った」

「あるいは、もう少し前かもしれませんね。この管理人も現地で最新情報を集めていたわけではないでしょうし」

「ということは怪談のルーツは長野県の……」

わたしは取材のノートを取り出そうとして、もう持ち歩いていないことを思い出した。しまった、と思った。昇は何か言いたげな顔でこちらを見つめている。言えば、とわたしは身振りで示す。

「そう簡単に生き方は変えられないみたいですね」

「だって」

「結局、楽しいんですよ。呪いとか、カルトとか、殺人事件とか、そういういかがわしい話を無責任にすることが。だからやめられないし、続いていくんです」

「それって開き直りだと思うけど」

「そうですね。だから、せめて親しい人に対しては誠実であろうとしています」昇はわざとらしく襟元を正して、言った。「この怪談だけ、最後まで追いかけてみませんか。あとのことはそれから決めればいい」

「どうしてこの怪談にこだわるの？」

「本物じゃないか、って感じがするからです。丹野さんもそうでしょう？」

「だけど、それでもわたしはカナちゃんに……」

突然、わたしの脳裏に、昨日のカナちゃんの告白が蘇《よみがえ》った。昨夜はあまりにいろいろなことが起こりすぎ、わたしも混乱していたから。今の今まで、深く考えることを忘れていた。

「どうしました？」

わたしがいきなり言葉を切ったので、昇が尋ねた。

「昇くんは、カナちゃんに会ったことあるっけ」

「ええ、何度か」

カナちゃんがうちに来たのは、昇と別れて半年くらい経った時期だった。その頃には、もう昇とも今のようにわだかまりなく付き合えていたので、風変わりな同居人の話はよくしていたし、動画サイトの配信情報なども、暇があれば教えていた。

「あの子、わたしのところに来る前は、キャバクラで働いてたんだって。それで、吉澤のことも知ってたって」

「へえ?」

「吉澤もあの子のこと、覚えてたみたい。マホちゃんとか、なれなれしく呼んで……」

わたしは、単に世間話をしたつもりだった。共通の知人の、意外な過去として。ところが、昇はちょっと納得しかねるように、何度か首をひねった。

「それって、たまたまですかね」

「と言うと?」

「案外、吉澤さんが丹野さんのことを紹介したんじゃないですか。それでその子は丹野さんのところへ来た」

「あ、それは違うよ。カナちゃんとは偶然、道で出会ったの。酔っ払って自販機の横に倒れていて」

そういえば、わたしはカナちゃんがお酒を飲んでいるのを見たことがない。まあ、キャバ嬢だからって全員が酒好きとは限らないけど。

「それで、吉澤さんが呼んでた源氏名の、何ちゃんですか」

「マホ……って、まさかカナちゃんのことまで調べる気？」

「誤解されるような言い方しないでくださいよ。刑事ドラマじゃないんですから、赤の他人の経歴なんて調べてもおいそれとわからないですって」

それはそうだ。でも、いざとなれば松浦さんだっている。カナちゃんの過去を調べようと思えば、いくらでもできた。今まではわざとそうしなかっただけだ。その曖昧《あいまい》さを楽しんでいたから。

わたしはそれを終わりにしたい。なのに、いざ暗がりの存在を突きつけられると、そこに手を突っ込む勇気がわたしにはなかった。傲慢《ごうまん》なことだ。見知らぬ人や土地のどす黒い秘密なら、いくらでもつついて楽しんできたのに。

昇は、今から狗竜川をさかのぼって、今日中に長野県まで入ってみるつもりだ、と言った。わたしが教えてあった万十堂ビルや、例の平迫のホテルや、サイトに書かれた白い肉塊の目撃場所などを回ってみたいのだ、と。

「しばらく長野県側に滞在して、調査の続きをするつもりです。丹野さんにまだやる気があるなら、連絡をください。待ってるので」

「きみを置いて、カナちゃんと東京に帰っちゃうかもよ」

「そしたら、ぼくも例の管理人の二の舞になりかねませんね」

どうやら、さっきのサイトを作った人物のことを言っているらしい。わたしは笑った。

「死んだって決めつけないでよ。運営が面倒になっただけで、元気かもしれないじゃない」

「それはないですね」

「どうしてそう言い切れるの？」

「サイトのドメイン名を使って、管理者の情報を検索してみたんです、奈良県の住所が出てきました」昇はにこりともしなかった。「二〇一四年、火事で全焼してましたよ」

＊

喫茶店の前で昇と別れてからも、わたしは彼の話した内容について考えていた。

この怪談が本物だと信じる材料はいくらでもあるように思えた。しかし、吉澤の考えでは、それはわたしの先入観がそのように見せているのだという。共通点だけに注目しているから、奇妙な符合が次々と現れるのであって、客観的に見ればすべてばらばらの出来事にすぎないのだと。

リンカーンとケネディの奇妙な一致、という有名な都市伝説がある。ふたりの大統領の運命は、偶然とは思えないほど酷似していて、何かの力が働いた結果ではないか、という説だ。なぜなら、ふたりとも黒人の自由に関わった大統領で、ふたりとも西暦の下二桁《けた》が六一年となる年に就任し、ふたりとも頭を撃たれて殺された。それぞれの暗殺犯のうち、片方は劇場で発砲したあと倉庫に追い詰められて、片方は倉庫で発砲したあと劇場で捕らえられて、どちらも射殺された。また「リンカーン」も「ケネディ」も英語で書けば七文字となる。

もちろん、これらはすべて偶然に過ぎない。たくさんの情報の中から一致するものだけを選び出しているので、そう見えるのだ。ふたりの大統領が暗殺された年は、リンカーンが六五年、ケネディが六三年。リンカーンは劇場で暗殺されたが、ケネディは車の上にいた。そもそも、「エイブラハム」と「ジョン」「フィッツジェラルド」の文字数はどう切り取っても重ならない。

わたしが集めた怪談や、あのサイトの管理人が追いかけていた怪談は、一見すると共通点があるように見える。水の中から何かが現れ、言葉を発し、聞いたものは死ぬ、という三つの点だ。でも、リンカーンとケネディの伝説みたいに、重ならない点のほうを抜き出してみたらどうなるだろうか。出現場所は川だったり池だったり、ホテルの浴槽だったりするし、見つかるのは魚だったり、白い肉塊だったりする。意思を持って現れているらしき描写もあれば、ただ浮いていたり、流されていたりするのもある。声を聞いた人間が死ぬというのもあやふやだ。というか、今のところ死んでいない話のほうが多い。体験者が死んだ話は怪談にならないからだろう。

昔から言われていることだけど、オカルトには客観性というものがない。客観性とか、再現性とか、反証可能性とかいうのは、すべて科学の概念だからだ。呪いや、魔法や、霊能力はそうじゃない。人によって起きることが違うし、百回繰り返せば百通りの結果が出る。だから反証できない。オカルト、という言葉はもともと、隠されたもの、という意味だった。現象そのものがみずからを隠しているのだとすれば、答えたあとで問題が変わるクイズみたいなものだ。論理的に解決する方法はない。

もし科学とは違う、オカルトとしか呼びようのない世界が現実としてあるのなら、そこは偶然と主観だけで成り立っている世界ということになる。何を見たくて、何を見たくないのか。どこまで信じられて、どこからは信じられないのか。線の引き方に正解はない。どんな形であれ、そういうふうに見えたなら、それは存在する。

つまり最終的には、わたし自身の問題だってことだ。

旅館に戻って、部屋に入ると、カナちゃんは広縁のソファに腰かけて、窓の外を眺めていた。手元にあるのは、昨日買ったという数独の本だろう。わたしはそっと近づいて声をかけた。

「ただいま、カナちゃん」

彼女はわたしのほうをちらっと見て、おかえり、と言うと、また窓のほうへ視線を戻した。

「何を見てるの？」

わたしもカナちゃんの向かいのソファに腰を下ろす。

「向こうの屋根に猫がいるの」

「え、本当？」

見ると確かに、旅館の隣にある民家の瓦《かわら》屋根の上で、大きなキジトラがごろんと丸くなっている。しばらくカナちゃんと一緒に見ていると、そいつは起き上がって毛づくろいを始めたが、やがて用事を思い出したのか、すばやく屋根から降りていった。

「行っちゃったね」

「うん」

この期に及んでわたしは、カナちゃんに何を話せばいいのか、迷っていた。伝えたいことはたくさんある。言わなくちゃいけないことも、できたら、言わずに済ませたいことも。だから、わたしは順番に話そうと思った。

「昨夜はありがとう、カナちゃん。助けに来てくれて」

「え？」彼女は一瞬、なんの話かわからない、という顔をした。「ああ、あのこと。いいよ別に。前からぶん殴りたいと思ってた相手だし」

前から、というのは、店の客だった頃から、という意味だろう。

「そんなにひどかったの?」

「ひどかったよ。酔って、いやらしい話をしたり、女の子に抱きついたり。三咲にあんなことしたのだって、ぜんぜん不思議じゃない」

「そっか、そうだよね」

わたしが次の言葉を探していると、機先を制するかのように、カナちゃんが言った。

「ねえ、だからって、三咲が怪談師をやめることないよ」

それは意外な言葉だったので、思わず聞き返した。

「わたしが怪談師をやめるなんて、いつ言ったの?」

「言わないけど、朝からずっと元気ないじゃん。いつもは嫌なことがあっても、寝て起きてごはん食べたら忘れてるのに」

カナちゃんはわたしのことを、わんぱく少年か何かだと思ってたみたいだ。

「それはそれで、かなり誤解されてるけど」

「ねえ、あんなやつが同じ仕事してるからって、気にすることないよ。他の人となんて関わらなくてもいい。わたしたちだけで続ければいいじゃん」

カナちゃんとは、この一年でいろいろな場所へ出かけた。この旅行もそうだし、前に行った串刺《くしざ》し人形の森だってそうだ。他にも首のない地蔵が並ぶ道路とか、内部がすべて赤く塗られた用途不明の穴とか、窓からしか出入りできない構造の部屋がある閉鎖された保養所とか、廃墟となった病院の三階になぜか巨大な岩だけが置かれている場所とか、いろいろなところを見てきた。

そういう場所で、くだらない話で盛り上がったりして、楽しかった。危険な場所でふざけると強くなった気がして楽しい。今にして思えば、ひどく子供じみているけど、わたしにはそういうものが必要だった。事故があってから、いつもひとりだった。中学でも高校でも、同級生とばかな遊びをして過ごすなんてことはなかった。

「三咲だって、怪談を追いかけるの、好きでしょ?」

どう答えればいいか迷った。わたしの目的をカナちゃんに教えたことは、今までなかった。ただ、ある目的があって、そのために人が死ぬ怪談を集めている。初めて会った夜にそう言っただけだ。

でも今日は何もかも話すと決めていたから、わたしは告白した。

「……わたしね、本当は、好きとか、楽しいとか、そういうので怪談を探してるんじゃないんだ」

わたしはカナちゃんに両親のことと、事故のことを話した。ふたりは川に沈んで死に、事故を起こした相手は罰を受けなかったこと。だから、幼いわたしはそいつに復讐しようとして、でもできなくて、代わりの方法を探していたこと。

「それで、怪談を使おうって思いついたの。呪いとか祟りで人が死んだっていう話。もしそれが本当なら、その男を殺して、敵討ちができるかもしれない、って思った」

カナちゃんは黙ってわたしの話を聞いていたが、やがて下を向いたまま、ぽつりと言った。

「まだその人のこと、許してないんでしょ。だったら……」

「どうなのかな」わたしは髪をかき上げる。「そう思ってたけど、最近はよくわからないの。ずいぶん前から、事故のことはあまり思い出さなくなった気がする。怪談を仕事にするようになって、カナちゃんとも知り合って、そうしたら昔のことはだんだん気にならなくなって。でも、そうやって変わっていく自分を怖がっている自分もいて」

だから怪談を追いかけていた。というよりも追いかけているふりをしていた。両親の死を過去にしようとしている自分が許せず、受け入れられなかったからだ。いつか自分はあいつを呪い殺すんだと決めて、はしゃいでいれば、現実を見ないでいられた。

「でも、昨日のことがあって、それでいろいろ考えて、気づいたの。いつまでもそんなことしていられない。少なくとも、そんな後ろ向きなことにあなたを巻き込んじゃいけないって」

「違うよ!」

いきなりカナちゃんが大声で怒鳴った。

「むしろ、わたしが三咲を巻き込んでるんだよ。わたしの自殺に三咲を付き合わせてる」

わたしは大声に驚いて、カナちゃんの顔を見つめた。唇を一文字に結んで、視線はじっと自分の両手に注がれている。何かを強くこらえているような、そんな印象の表情だった。

「ねえ、カナちゃんは今でも自殺したいって思ってる？」

「どういうこと？」

「カナちゃんが呪いの実験台にこだわるのって本当にそれだけの理由？」

「わたしは」

「あのときの会話は、たしかこうだったよね。酔っ払ったわたしが、人が死ぬ怪談を探してるって話をしたら、カナちゃんがわたしに、呪いや祟りが存在すること、本気で信じてるの、って聞いた」

カナちゃんはうなずく。

「それで、わたしはこう答えたはずなの。今は信じてないけど、もしいつか目の前で、そうとしか思えない状況で人が死んだら、信じるしかないでしょ、って。そしたら、あなたは、こう聞いてきた」

「逆に言うと、何をやっても死ななければ、呪いなんて存在しないことになる」

カナちゃんは、まるで確認するかのように平板な調子で、そう言った。

「カナちゃん、あなたは最初から自殺するつもりなんてなかったんじゃないの。何か、別の目的があったんじゃないの」

「そう、って言ったら、どうするの？」

「どうもしないよ。だけど」

わたしはもう一度、カナちゃんの目を見た。今度は彼女もまっすぐわたしを見返していた。

「できることなら、呪いとか怪談とか全部なかったことにしたいの。わたしとカナちゃんとの間では」思いが溢れそうになり、声が震えた。「一緒にいたい。そんなもの関係なく、ただの友達として」

＊

だれかに呼ばれた気がして目を覚ますと、もう夕方だった。わたしはソファに横になっていて、すぐそばにカナちゃんの顔があった。

「そろそろ行こう」

「行くってどこに？」

「釣り」

わたしは眠りに落ちる前のことを思い出した。このソファに座ってカナちゃんと話をしたあと、彼女は出て行ってしまい、わたしだけが部屋に残された。ひとりで簡単な昼食を済ませ、本でも読もうと思ったけれど、前の晩にほとんど眠っていなかったわたしはついうとうととして、それから今までずっと昼寝をしていたらしい。

カナちゃんはかたわらに釣り道具一式を用意していた。宅配便で宿に運んでもらっていたけれど、結局使っていなかったものだ。

「釣りに行くなんて話、したっけ？」

「してないけど、いいでしょ。ちょうどいい時間だから」

わたしは起き上がって、テーブルの上に置いてあったペットボトルの中身を飲んだ。それから、カナちゃんに向かって言った。

「いいよ。行こうか」

旅館を出たわたしたちは、とりあえず海のほうを目指して歩いた。途中に釣具店があったので、カナちゃんはそこで餌の小エビを一袋買った。

たどり着いた場所は、最初の日に下見したのと同じ、狗竜川の河口に面した釣り場だった。日没が近いというのに、今から釣り始める人の姿がちらほらとある。カナちゃんに尋ねると、このくらいの時間帯がむしろ狙い目らしい。

カナちゃんは持ってきた竿《さお》や仕掛けをてきぱきと広げていった。東京で釣り仲間に教わりながら練習してきたというのは、嘘じゃなかったらしい。手早く餌をつけ、海にそっと沈める。糸の先には赤と黄色の球体がついていた。ウキ釣りをするつもりのようだ。

しばらく経ってから、カナちゃんは思い出したようにスプーン一杯くらいのエビをすくうと、海に向かって投げた。

「今のは?」

「撒き餌《まえ》だよ。これで魚をおびき寄せるの。海は広いから」

そんな話をしているすぐ隣では、ちょうど別のグループが何か大きめの魚を釣り上げているところだった。

「もうかなりおびき寄せられてるんじゃないかと思うけど」

「やってみたかったんだから、いいの」

わたしは遠くの景色を眺めた。黄昏《たそがれ》時の海はブルーベリーをつぶしたような深い藍《あい》色で、その中に夕焼けの断片みたいな光の反射が散らばっている。

カナちゃんが言った。

「柚原百香《ゆずはらももか》っていうの」

何が、と聞き返しそうになって、ああ、と納得した。カナちゃんが続ける。

「わたしの本名」

「いい名前だね。カナリアのカナちゃんもよかったけど」

「そうかな?」

そう言って、彼女は笑う。でもすぐ真剣な顔に戻って、謝らなきゃ、と言った。ずっと嘘をついていたこと。

「嘘って、吉澤のことを知らないふりしてたから?」

「違う」

「名前を隠していたこと？」

「それも違うの。ねえ、聞いて。わたし、最初に会った夜にね」

少し間をおいて、それから意を決したように、彼女は言った。

「本当は三咲のこと殺そうとしてた」

「……そうなんだ」

「驚かないね」

「あのカナちゃんがあらたまって打ち明ける話なんだよ。そのくらいのことは言われるだろうって、覚悟してたから」

わたしがそう答えると、カナちゃんは安心したように笑った。

「で、どうして殺そうと思ったの？」

「うん。わたしね、中学の頃に、すごく仲のいい友達がいたの」

突然、カナちゃんは昔話を始める。話のつながりが見えず戸惑いかけたけれど、もう少し黙って続きを聞くことにした。

「その子はね、気取ってて、目立ちたがりなところがあったけど、わたしには優しかったの。それで、占いとか、おまじないとか、そういうものが好きだった。一緒にタロットの読み方を覚えたり、血液型で性格がわかるっていう本を読んだり。楽しかった」

カナちゃんとその子は、そろって同じ高校に進学した。でも新しい環境では、ふたりの関係は昔のようにならなかった。

「ほら、高校ってさ、中学校までと違って、頭のよさとか、親の年収とか、同じくらいの子が集まってくるでしょ？」

中学まではクラスの中心だったその子も、高校ではあまり目立たなくなった。彼女にはそれが我慢できなくなったらしい。次第に、おかしなことを始めた。

「自分には霊感があるって言いふらすようになったの。わざとらしく占いの道具を持ち歩いたりして、あの場所にはよくないものが取り憑《つ》いてるとか、だれそれが彼氏と別れたのは、別のだれそれが飛ばした生霊のせいだとか」

そうして一度は注目を集めた彼女だったけれど、ずっと続けていると、やがて飽きられてくる。そのたびに、彼女は独自の「テコ入れ」をした。

「新しいネタを見つけるのはわたしの役目だった。あの子に嫌われたくなかったから、いろいろやったよ。他の子の日記帳を盗み見て秘密を教えたり、持ち物を隠して、あの子が予言した場所へ隠しておいたり」

カナちゃんの献身的な裏工作もあって、彼女は少しずつ、クラスの中で存在感を持ち始めた。彼女の言うことを聞く手下のような生徒が現れ、彼女に逆らったり、彼女の霊感を信じなかったりする生徒は、そいつらから嫌がらせを受けるようになっていった。

「そんなときに、あの子からお願いされたの。そういう子が怖い思いをするような、降霊術みたいな儀式はないか、って。ネットでいろいろ調べてみたけど、道具が必要だったり、深夜にやらないといけなかったりで、使えなかった」

彼女が求めていたのは、要するに、彼女に従わないクラスメイトを罰するための、イニシエーションのような儀式だったのだろう。それは学校で手軽にでき、かつ効果的な演出が必要だった。

「そういうものが見つからなかったから、結局、わたしが一から考えることにしたの。いろんなおまじないとか、怖い遊びとかをちょっとずつ真似して。出来上がったものをあの子に教えたら、すごく喜んで本気にしてた。わたしが作ったっていうことは、ばれてないみたいだった」

「どんな儀式だったの？」

「それはね、みんなで円を作るみたいに立って、真ん中に怖がらせたい子を座らせるの。それから、その子に目隠しをして、こっくりさんを呼ぶ」

遊びの内容を聞いたところで、わたしははっとした。それは、わたし自身もよく知っているものだった。

「その話って」

「わたしの友達だった子は、河合季里子っていう名前だった」

こっくりさんの呪いの話。わたしが怪談ライブで何度もしている、おなじみの話だ。そして名前も同じ。

「その遊びをするようになってから、季里子はどんどんおかしくなっていった。授業中に叫んで、浮遊霊がいるなんて言ったり、占いや幽霊を信じない子がいると、よってたかっていじめさせたり。わたし、そんな季里子のことが怖かった。だから、あまり話さなくなった」

カナちゃんが距離を取るようになっても、季里子は気にしていないようだった。すでにクラスを支配した彼女にとって、カナちゃんはもう必要ない存在だったのかもしれない。

「それである日、クラスメイトのひとりが、川に落ちて死んだの」

教科書に書かれていたことを読み上げるみたいに、平然と、カナちゃんは言った。

「その子がいなくなる前の日の放課後、季里子がその子を捕まえてこっくりさんをやらせたことは、みんなが知ってた。みんな、こっくりさんの呪いのせいだって言ってた。儀式の途中でこっくりさんを怒らせたから、その子は死んじゃったんだ、って」

でもおかしいよね、とカナちゃんは言った。

「だって、そんな儀式、本当はないんだよ。季里子のために、わたしが考えたんだから。やり方だって、呪文《じゅもん》だって、全部いい加減なのに。だから、そんなことで本当に呪われるわけない。偶然に決まってるのに」

ところが、それを偶然だと思ったのは学校で彼女ただひとりだった。あの子は呪いで死んだ、そうさせたのは季里子だと、カナちゃん以外の全員が信じていた。やがて季里子自身も学校に来なくなると、妙な噂が流れた。放課後、おかしくなった季里子が、教室で自分や他の生徒たちの死を予言していたという、あの話だ。

季里子は不登校のまま、どこかへ転校してしまい、不吉な噂も忘れられかけた頃、また別の生徒が死んだ。自宅があるマンションから飛び降り自殺をしたという。彼女は季里子の取り巻きのひとりだった。これも呪いだとみんなが口々に言った。

「わたしは、もう学校にいられなかった。高校を中退して、東京で働き始めたの」

それでも地元の噂は彼女のところまで届いた。あの日、こっくりさんに関わった生徒は次々と命を落とした。カナちゃんが十八歳の誕生日を迎え、それまで働いていたスーパーの仕事を辞めてキャバクラに転職する頃には、連絡がつかない季里子を除いて、全員が死んだと聞かされた。

「でも、そんなもの偶然だ、ってわたしは信じてた。だって、そうでしょ？」カナちゃんは喉を詰まらせる。「じゃなきゃ、わたしのせいだもん。わたしがその子たちを殺したってことじゃない。そんな遊びを作って、みんなにやらせた。わたしが、そんな」

わたしはカナちゃんの背中に手をおいて、そっとさすった。彼女が嗚咽《おえつ》するたび、竿の先が上下に揺れる。もう日はほとんど沈んでいて、あたりは薄暗かった。海岸にいる人たちの目は、だから、気にならなかった。

「それからしばらく経って、店に吉澤がよく来るようになったの。ホラー関係の仕事をしてるっていうから、こっくりさんの話を聞いてみた。そんな遊び、本当にあるんですか、って。そうしたら、同じ話を聞いたことがあるって言われた。丹野三咲っていう名前の怪談師が、よくその話をしてるって」

時期から考えると、ちょうど昇経由でその話を仕入れたばかりの頃だ。新鮮な話で、インパクトもあったので、いろいろな場所で披露していたと思う。まさか当事者の耳に入ることがあるなんて考えもしなかった。

「わたしはその人の話を聞きに行った。何度かライブに通って、ようやくその話が聞けた。びっくりしたよ。季里子の話だった。細かいところまで、ほとんど一緒だった」

そしてライブ会場を出たカナちゃんは決意した。

「三咲と会って、その話を二度としないようにさせたかった」

「そうだよね。わたしだって、同じことをされたら、すごく怒る」

わたしの両親の死を怪談にされたときは、わたしもその相手を殺してやりたくなった。それなのに、わたし自身も似たようなことをして、カナちゃんを傷つけていたなんて。恥ずかしい。このまま海に飛び込んでしまいたい。

「三咲の家を調べて、帰ってくるタイミングを確かめてから、その前で酔っ払って動けなくなった人のふりをした」

「わたしはあなたを介抱しようとして、家に入れた」

「仕事はなんですか、って尋ねた。知ってたけど、わざと聞いたの。三咲の口から聞きたかった。こっくりさんのこと、呪いのこと、本気で信じているのかどうか」

「その通り、信じてますって答えてたら、わたしは殺されてた？」

「かもね。でも三咲は、まだわからないって答えた。だからまだ探してるって」

それはわたしの本心だったけれど、こういうことがあるから、今後は質問の答えに注意したほうがいいな、と思う。

「だから、わたしは三咲を手伝うことにしたの。わたしは自殺したい、わたしを殺せる呪いがあるなら試してみたい。そういうことにした」

それは口実。本当は、呪いがこの世にないことを証明するために。

「だけど自殺したいっていうのも本当だった。どっちみち、三咲を殺してしまったら、そうするつもりだったの。それで許してもらえると思った。季里子や、他の子たちにも」

「今でも、そう思ってる？」

「……わからない」

そこでカナちゃんはようやく言葉を切った。釣り竿がしなっているように見えたので、そのことを教えると、カナちゃんは慌てて仕掛けを引き上げた。枝分かれした糸の先に小さな魚がくっついている。

「釣れたね」

「うん、たぶん死なないやつだけど」

魚を針から外しているカナちゃんに、わたしは言った。

「死ななければいいんだよね」

「え?」

「何をしても死ななかったら、カナちゃんは納得するんだね。自分のせいじゃなかった、ただの偶然だったって」

「それは……」

「だったら、やってみよう。この川を最後までさかのぼって、何もないことを確かめよう。釣り上げると死ぬ魚なんてない、何もかも作り話なんだって」

カナちゃんは不安そうに、わたしの顔を見上げる。

「三咲はいいの?」魚を外す手が止まっていた。「お父さんや、お母さんのこと」

「いいよ」

わたしははっきりとそう言った。もう迷っていなかった。怪談で人は死なない。だれかを呪い殺すことなんてできない。祟りも怨霊も存在しない。両親を死なせた男は、ただ生きて、いつか死ぬ。わたしやカナちゃんや、他のあらゆる人たちと同じように。

唯一釣れたその魚を海に逃がしてから、わたしたちは釣り場を離れた。川を見ながら歩いていたらなぜか切ない気持ちになって、わたしはカナちゃんの手を強く握った。

三、怪談の川をさかのぼる話

八板駅のロータリーで拾ってもらうつもりだったのに、昇は気を利かせて旅館まで車を回してくれたようだった。

わたしは今日までの宿代を払い、大きな荷物は東京の自宅に発送されるよう手配した。八板町には長いようで短い滞在だった。釣りもできたし、悔いはない。今夜からは内陸県に泊まるので、海とはしばしお別れだった。

「ずっと山道ですけど、大丈夫ですか」

残りの荷物を車の後ろに積み込みながら、昇が言った。わたしは首を振る。

「背に腹は替えられないわ」

本当は、昇が滞在している長野県の稲里市まで電車で行くつもりだった。ところが、これが意外と遠く、いったん愛知県まで出てから乗り換えないといけないらしい。昇に連絡したところ、調査の足としてレンタカーを借りているというので、八板まで迎えに来てもらうことにした。

昇が運転席に座り、わたしとカナちゃんは後部座席に並んで乗り込んだ。こんなに長い距離を車で移動するのは、ひょっとすると初めてかもしれない。体調を崩すようなことはないと思うけれど、少し緊張する。

「カナさん、お久しぶりです」

「……どうも」

昇はにこやかに話しかけたが、カナちゃんは少し警戒しているようだ。わたしの陰に隠れるようにして、妙に昇を意識している。彼とは初対面じゃないはずなのに。

「稲里までは三時間くらいです。途中で何回か休憩しましょう」

「まあ、任せるから好きにして」

わたしがそう答えると、車はすぐに発進した。

ペーパードライバーじゃないかと疑っていたが、昇の運転は想像よりも丁寧だった。聞けば、昔からよく怪談集めのために車で遠征していたらしい。地方の怪談にやたら詳しいのもうなずける。とくに迷う様子もなく、車は狗竜川の堤防道路に出た。窓から川が見えて、わたしは思わずシートベルトを握りしめる。

「もうすぐ万十堂ビルです。川の向こうには真瀬小の校舎も見えてきます」

わたしたちが見つけた八板町怪談の最上流だ。そこを通り過ぎると、家や建物はどんどんまばらになっていき、代わりに広々とした田畑が目立ち始める。新東名《とうめい》高速道路の高架をくぐり、橋を渡って釜津市内に入った。

「このあたりから、旧平迫村です」

どうやら車は完全に市街地を離れたようで、道の向こうに小さく見えていたはずの山並みが、気がつけばあたりを取り囲んでいる。山の麓《ふもと》へ寄りかかるように瓦《かわら》屋根の民家が並び、ときどき農作物のコンテナを積んだ軽トラックとすれ違う。自然豊かな土地を流れる狗竜川は、こころなしか渓流の趣を帯びてきたように思える。

と、その先で巨大な構造物が立ちふさがり、川を埋め尽くしているのが見えてきた。

「平迫ダムです。ここから八板町一帯に水資源を供給してます。おふたりが今朝まで飲んでいたのもここの水ですよ」

鉄とコンクリートの無粋な物体も、そう言われると頼もしい。

「例のホテルは？」

「この上流、ちょうどダム湖が始まるあたりです」

そこは湖というには細長くて、知らなければただの広い川だと思ってしまいそうだ。周囲に広がる景色はあいかわらず谷底の農村で、レジャー施設などあるようにも見えなかったが、昇によればボート乗り場などが営業しているらしい。

しばらく進むと、道路沿いにふたつの大きな建物が並んで建っているのが見えた。あたりには他に店も民家もない。急にそれだけが現れたような感じがした。

「あれが平迫レイクホテル、吉澤さんの怪談に出てきたホテルです。クリーム色のほうが旧館で、白いほうが新館です」そこまで言ったところで、彼はウィンカーを出した。「新館にはレストランもあるんですよ。そこで腹ごしらえしましょう」

怪談の舞台ということで勝手に不気味な想像をしていたが、ホテルの内装はいたって普通だった。レストランのメニューはカレーライスやスパゲッティなどで、それぞれ年季の入った食品サンプルがショーケースを賑《にぎ》わしている。なんとなく寂れた観光地っぽかったが、わたしも昇もこういうのは嫌いじゃない。

レストランは二階にあり、大きな窓からはダム湖が一望できるようになっていた。マニアらしき観光客が、ダムの方角にカメラを向けて、熱心に写真を撮っている。

「一九七〇年代にダムが完成してすぐ、このホテルも営業を始めたみたいですね。で、バブルの頃にはダム湖の周りを観光地化する計画があって、こっちの新館もそれに合わせて建てたようなんですが、そこからすぐバブルが弾《はじ》けまして」

「お気の毒」

「でもないみたいですよ。ダムも流行《はや》ってますからね」

そう言って、昇は単品のハンバーグを、ダムに見立てた名物カレーの上に載せた。前に釜津の釣り船でひどい目にあったことは忘れているらしい。懲りない男だ。

ハンバーグの塊がカレーの湖に沈んでいくのを見ながら、わたしは言った。

「ダムの底に村か何かが沈んで……って、ないか。ここより上流にも怪談はあるんだもんね」

「そうですね。一応は調べたんですが、農家が二、三軒と、田んぼがあっただけのようです。

揉《も》め事があったという話も聞きませんし」

「吉澤は、ここの怪談を二〇一七年に取材したって言ってた」

「真瀬小の怪談は二〇一八年ですから、ここから八板町まで約一年で移動した計算ですね」

このダムが完成したのは一九七〇年代。ということは、もしダムに原因があるなら、もっと早い時期から怪談が語られていただろう。

わたしとカナちゃんがオムライスを食べている間、昇はハンバーグカレーをなかば飲むように完食する。

「じゃあ、次の場所に行きましょうか」

昇が駐車場から車を出してくるのを待っているとき、カナちゃんがわたしの袖《そで》を引っ張った。何、と声をかけると、カナちゃんはなぜかささやくように言った。

「あの昇って人、三咲の元カレなんだよね？」

「うーん、あらためて言われると変な感じだけど、まあ、そういうことになるね」

「わたし、嫌われてるのかも。なんか、ずっと目が笑ってない気がする」

「えっ？」変な想像をしてしまって、思わず顔をしかめた。「そんなことないでしょ。昇に限って」

そう言ってわたしは否定した。昇は怪談ばっかり追いかけているオタクだが、女性の扱いに不慣れということはないし、人見知りということもない。そう伝えると、カナちゃんはなおも何か言いたそうな様子だったが、昇の車が来たので、ひとまずこの話題はお預けとなった。

　が、そのときにちらりと浮かんだ妄想は、頭の中でより激しくなっていった。ひょっとしたら、昇はカナちゃんに嫉妬《しっと》してるんじゃないか。彼女がずっと、わたしと一緒にいるから。昇とカナちゃんがわたしを取り合う三角関係。そんなばかな、とは思うものの、悪い気はしない。昇はああ見えて、実はわたしに未練があるのかもしれない。それにしても、カナちゃんがわざわざそんなことを教えてくるなんて。

　ふと、バックミラー越しに昇と目が合った。

「丹野さん、何かおもしろいことでもありました？」

「えっ、あっ、ううん。なんでもない」

　気づかないうちに顔に出ていたようだ。きまりが悪くて、窓の外に目をやった。山の中を通っていると思っていたのに、いつの間にか道の左右には家や建物が並んでいる。

「今いる場所が、旧平迫村の中心です。ここから先は長野県に入るまで集落はありません」

「このあたりに怪談はないの？」

「昨日、この道を通ったときに、そう思って役場に寄ってみたんですよ」

「村役場？」

「正確には釜津市役所の平迫支所ですけどね」

昇はそこで年配の職員を捕まえ、狗竜川で変なものを見たとか、釣り上げたとか、そういう話が伝わっていないか尋ねたらしい。

「二〇一五年に東海地方で豪雨災害があったの、覚えてますか？」

「覚えてない」

「そりゃそうでしょうね。当時、狗竜川も増水して、川に面した道路の一部が崩れたということです。巻き込まれた人はいなかったようなのですが、なぜか『人が流されている』という通報がいくつもあったそうで」

通報の内容は、川の真ん中に白い人が浮かんでいる、こちらに向かって大声で何か叫んでいる、というものだった。地元の消防団が出動したが、そのような人は見つからなかった。そもそも、川の状態から見て、濁流の中に人がとどまったまま助けを求めるというのは考えにくかった。ただ、村内の複数の場所から同じ内容の通報があったので、見間違いとも思えない。結局、正体はわからなかったということだ。

「これも、いつものパターンですよね」

川の中の物体、そして声。

「目撃した人たちが、あとで亡くなってたらね」

「実はここ、翌年にも豪雨に見舞われているんです。そのときは集落のあちこちで土砂崩れが起きて、四人が亡くなってるんですが、もしかすると前の年に通報があった場所なのかもしれません。まだ、そこまで調べていませんけど」

そんな話をしているうちに、車はまた山道に入り込んでいる。

「ここからは旧下吉村です。といっても、もともと集落は山ひとつ向こうなので、境界がそうなっているというだけですね」

「あのサイトに書いてあった、川に白い肉塊が流れ着く、っていうあたりだよね」

わたしは、また狗竜川の様子を確認したけれど、緑に囲まれた美しい峡谷が広がっているだけで、肉塊どころかゴミひとつなさそうだった。

「きれいなところだね。キャンプに来たいくらい」

「キャンプ場もありますからね、おっと」

車が大きく揺れた。気がつくと、道幅はもう車一台がやっと通れるくらいの広さしかない。

「いよいよ山奥ですね。ゆっくり行きましょう」

そこからは、別の怪談がありそうな古いトンネルを抜けたり、カーブに揺さぶられて気分が悪くなったわたしのために車を停めて休憩したり、ついでに川辺まで下りて冷たい水に足を浸したりと、ずいぶん時間がかかった。そういうわけで、ようやく稲里の市街地に入った頃には、もうすっかり夜になっていた。広々とした幹線道路が、オレンジの街路灯に照らされて、薄暗い地方都市の夜景を貫くように延びている。

「宿は取ってあるんですよね」

「うん、インターからちょっと入ったところ。待って、住所を教えるから」

昇がそれをカーナビに入力する。ふと、昇はどこに滞在しているのか気になった。

「ぼくですか?」彼は意味深に笑って答えた。「浅沼ビレッジです」

聞き覚えのある名前だ。たしか、友縁会とかいう団体のメンバーが共同生活を送る村だったはず。

「そこってカルト宗教のアジトなんでしょ。入信したの?」

「まさか。併設されてるゲストハウスですよ。食事の前の変な歌と勧誘さえ我慢すれば格安なので、バックパッカーには人気みたいですね。昨夜もドイツ人のグループが泊まってました」

そこの食事は、村で採れた有機野菜や自家製チーズを使っていて、とくにグラタンが絶品らしい。わたしとカナちゃんをホテルの前に降ろした昇はそう言って、ふたたびその怪しげな村へ帰っていった。

「グラタンで洗脳されなきゃいいけど」

「……そうだね」

昇の車を見送ったあと、カナちゃんはしばし物言いたげな表情を浮かべていた。昇のことがあまり気に入っていないようだ。わたしはカナちゃんの肩をぽんぽんと叩《たた》いた。

「大丈夫だよ。昇くんは、わたしと同じくらい心霊現象否定派だから」

「三咲と同じくらいってことは、証拠を見せられたら信じるってことでしょ？」

それもそうだ。水をワインに変える技を持ったリクルート担当者が、当該団体にいないことを祈るしかない。

車で長距離を移動した疲れもあって、その夜はすぐに就寝した。けれども、カナちゃんとそんな話をしたせいなのか、わたしは昇が白いローブをまとって、邪教の祭壇に捧《ささ》げられる夢を見た。わたしとカナちゃんはなぜか松明《たいまつ》を持って儀式の様子を見守っていた。その光景は、どこかなつかしいような、血なまぐさいような感じがした。

＊

そんな夢を見て、心のどこかに気がかりを覚えていたのだろう。翌朝、迎えに来た昇の元気な姿を見て、わたしは少しほっとした。ぱっと見た感じ、数珠《じゅず》もロザリオもつけてはいないようだ。

「今朝は、まず浅沼ビレッジに向かいます。と言っても、ぼくはもう行ってきてるんですけど」

「その場所、本当に関係あるのかな」

例のサイトの最後の更新では、友縁会が密《ひそ》かに研究している生物兵器の実験動物が川に流され、すべての元凶になっているという説が書かれていた。とはいえ、そんなものを本気にするわけがない。矛盾点もある。

「たしかに、生物兵器が川に流されたんだとしたら、下流まで何年もかかるはずがないですね」

「それに、死んだとされている人の死因には、土砂崩れとか、火事とか、自殺とかも含まれてたよね。現実に存在する生物や化学物質が原因だったら、そんなことにならない」

そう言っている間にも昇は車を走らせる。大きな国道の左右にはホームセンターや大型書店、ファミリーレストランなどが並び、中央道のインターチェンジにくっついて、ちょっとした繁華街を作っていた。

「前にぼくが送った怪談リストの中に、稲里周辺のものもあったと思いますが、読みました?」

「昨日、宿を出る前に目を通しておいたよ」

二〇一二年、狗竜川に流れ込む排水路の出口にあたるトンネル付近で、女の子の遺体が発見された。彼女は数日前から行方がわからなくなっていて、家族が捜索願を出していたという。死因を調べたところ、大量の水を飲んでいたことから、川で溺《おぼ》れたことによる事故死だと考えられた。

ところが、その排水口のある場所では以前から妙な噂があった。トンネルの内部に、何か生物が住み着いているというのだ。

「一昨日《おととい》、地元の人を探して聞いてみたんですよ。排水口の生物について。そうしたら、駅前で会った男子高校生たちが知ってると言うので、教えてもらいました。小学校に上がってからだんだん聞かなくなったそうなので、二〇〇九年から二〇一一年あたりに流行った話ということですね」

道沿いにハンバーガー店を見つけた昇は、当然のようにハンドルを切ってドライブスルーに入っていく。わたしは、その点には触れず、話の続きをうながした。

「地下水路にいるのは、白いワニだとかいう話があったそうです」

「そんな都市伝説があったね。下水道のワニ、だっけ」

「たぶん、その都市伝説を聞いただれかが、そのまま話していたんでしょう。女の子の遺体が見つかったあたりも有名なスポットで、そこからワニが狗竜川へ出入りしているとか、トンネルの奥からワニの鳴き声が聞こえるとか、いろいろ言われていたみたいですよ」

実際のところ、このあたりの気候でワニが生活するのは無理だろう。女の子の死因が溺死《できし》だったのなら、ワニに襲われたわけでもない。

「都市伝説の二番煎《せん》じなら、わたしが探しているのとは別物みたいだけど」

「ところが違うんです。話してくれた高校生たちが同じ場所で妙な体験をしたらしくて」

その高校生たち、当時は小学生になったばかりの少年たちだったが、街に住んでいるというワニを見つけ出そうと考えて、ある日、そのトンネルの前に集まった。排水路の出口と言っても、一メートル数十センチほどの高さがあり、雨の日でもなければ足元にはホースで撒《ま》いた程度の水が流れているだけなので、子供ならなんなく中に入れた。

少年たちは水路の奥に進もうとした。だが、三、四メートルも入るとすぐに日光が届かなくなり、目の前は完全な暗闇となる。こんな探検にもかかわらず、彼らは懐中電灯を持っていなかったようで、それ以上は進めなかった。

だれかが、おーい、と叫んだ。すぐに、やまびこのような反響が聞こえる。それがおもしろいと思ったのか、彼らは口々にいろいろな言葉を叫んで、跳ね返ってくる音を楽しんだ。

「ところが、途中からはやまびこのほうが多く聞こえた、と言っていました」

「それってどういう意味？」

「だれも言ってないはずの言葉だとか、よくわからない金属音のような音だとか。最後には同じ人の名前が何度も聞こえたそうです。それで、怖くなって逃げ帰ったと」

「ひょっとして、その名前というのが、死んだ女の子の名前だったり」

「どうなんでしょうね。具体的な名前がなんだったかはもう思い出せないと言っていました」

とはいえ、一応、この時点で条件は揃ったことになる。不審な死、川から現れる何か、意味不明な言葉。そこまで考えたところで、わたしはふっと気がついた。

「その言い方だと、だれかの名前を呼んでいたっていうのは確実なんだよね」

「まあ、そうなりますね……あ」

昇も気がついたようだ。

「今までは、聞き取れないとか、意味不明だったとかいう話ばかりだった。でも今の話だと、そいつは人の名前を呼ぶ。こういうパターンは」

「初めてですね。言われてみれば」

いや、初めてではないはずだ。わたしはさらに記憶をたどる。

「ブログで見た、大安国寺に伝わる怪談」いや、本当は伝わってなかったんだっけ。「お坊さんが怪魚と対決して、その怪魚に前世の名前を呼ばれた、っていう話があった」

わたしがそう言うと、昇も思い出したらしい。彼は運転しながらしばらくその意味を考えていたようだったが、やがて口を開いた。

「少年たちがトンネルで聞いたのも、だれかの前世の名前だった、ということですか？」

「怪談としてまとめるなら、そうなるね」

あるいは、それはその場にいた男の子たちのだれかが、前世の名前で呼ばれていたのかもしれない。自分の前世の名前など普通は知らないから、だれでもない名前に聞こえたということだ。

「つまり、こういうことですか。この川に住んでいる謎の存在は、われわれを前世の名前で呼ぶ。そして呼ばれた人間は死んでしまう、と」

でもさあ、と、今度は珍しくカナちゃんが口を挟んできた。わたしたちがすっかり怪異の実在を認めている体で話すので、我慢できなくなったのかもしれない。

「前世ってことはもう死んじゃってるんでしょ。その名前を聞いて、どうしてまた死ぬの？」

わたしは黙った。とくに理由は思いつかない。そもそも、呪いや祟《たた》りで人が死ぬという時点で整合性などないのだから、考えても仕方ないのかもしれない。ただあまりにも腑《ふ》に落ちない感じがする。

車は市街地を離れ、山のほうへ向かっていた。果樹園の中を抜け、ゴルフ場やスキー場の看板をいくつも通り過ぎる。鬱蒼《うっそう》とした森が道路のすぐそばまで迫ってきたあたりで、その木々の間に二階建てのログハウスのような建物がちらりと見えた。

「あれが、ぼくが泊まっているゲストハウスです」

「じゃ、あそこが浅沼ビレッジ？」

「正確にはここも、もう敷地内ですけど」

駐車場に入り、車から降りた。宗教団体の村にしては、ずいぶん立派な駐車スペースだと思った。昇に聞いてみると、ゲストハウスのほかにも野菜や乳製品の直売所だとか、そば打ち体験の施設などがあるという。

「もっと閉鎖的なところかと思ったら、意外とちゃんとした団体じゃない」

「過激なことをやってたのは何十年も前ですからね。村に残っているのはもうヒッピーの成れの果てみたいなお年寄りたちだけですよ」

そう言いながら、昇は村の中心とは反対側に歩いていく。わたしとカナちゃんもあとに続いた。駐車場の外れまで来たところで、昇が遠くを指差した。

「あそこに小さい川があるの、わかりますか？」

駐車場の端は高台の斜面になっていて、稲里市の中心部がある谷間を、上から見渡すことができた。谷の一番低いところを流れているのが狗竜川だ。そこから、段になった農地が山のすぐそばまで広がっている。昇が示したのは、階段状の農地の中にある切れ目のような場所だった。たしかに、川だと言われればそうかもしれない。

「脇《わき》川です。たぶん、狗竜川の脇から流れてくる川なので脇川なんじゃないかと」

「その川がどうかしたの？」

「この川が稲里市内を通って狗竜川に流れ込むんですが、合流地点が、例の白いワニがいたというトンネルの、すぐ上にあるんですよ」

昇の言いたいことは見当がついた。

「つまり、狗竜川の上流じゃなく、こっちの川に原因があるんじゃないか、ってことね」

たしかに、原因が必ずしも本流のどこかにあるとは限らない。確率から言っても、無数にある小さな支流のどれかから流れ込んできたと考えるほうが自然だ。

ただ、この考えにはかなり欠点がある。

「でも、こっち側に原因があるのか、それとも本流のほうに原因があるのか、どうやって判断する？」

「そこなんですよ」昇は頭をかいた。「そもそも、これって何を見つけたら原因だって言えるんでしょうね？」

そのことはわたしも考えてはいた。たとえば、川で溺れた人がいたとする。怪談として仕上げるつもりならば、その人の霊が下流に祟りを及ぼしていたのだ、という具合に筋道をつけることはできる。しかし、もっと上流に行けばもっと多くの事件や事故があるだろう。だとしたら結局、原因はどれでもよくなってしまう気がする。

「どう思う、カナちゃん？」

と、わたしは尋ねた。

あの夜、わたしはカナちゃんのために、呪いが存在しないことを確かめると約束した。けれど、何かが存在しないことを示すのは、その逆より難しい。いわゆる悪魔の証明というやつだ。「宇宙人はいない派」は「宇宙人はいる派」に絶対勝てない。「いない派」は宇宙の隅々まで調べ尽くさないといけないのに対し、「いる派」はそのうち彼らがひょっこり会いに来るのを待っているだけでいいからだ。

そう考えると、ゴールはカナちゃんが決めるしかない。彼女が納得できるか、できないか。なんであれ、カナちゃんが信じられるに足るものが出てくれれば、それでいいのだけど。

カナちゃんは、ほんの少し考えてから言った。

「心配ないと思う。だって見つければ、きっと分かると思うから」

そう聞いた瞬間、なぜか、ああ、と思った。その答えはわたしが心の底でなんとなく感じていたものに、もっとも近かったからだ。

「それもそうだね」

わたしの言葉に昇もうなずいた。それが、ここまで追いかけてきたわたしたちの実感だった。それが単なる直感なのか、それとも言語化できない推論なのかはわからないが、とにかく、見つけたものがこの一連の物語の源なら、なんであれわたしたちは気づくだろうという確信があった。

わたしたちは車を停めた場所まで戻った。まず、脇川の流域に似た怪談がないか確認すべきだ、とわたしが言った。見つかれば、あとは根源を見つけるだけでいい。見つからなければ狗竜川に戻って、またさかのぼる。その考えに昇も同意した。

「実を言うと、聞いてはみてるんですよ。村に住んでいる人とか、手伝いに来ている団体の人たちとかに。ただ、あまりそれらしいのは」

「だったら、望み薄なの？」

「そうでもないんです。あのサイトに書いてありましたよね、気をつけるべき地名は二箇所だ、って。ひとつはここ、浅沼ビレッジです。で、ここからもっと山に入ったところに、もうひとつの時任ビレッジがあります」

わたしはスマートフォンの地図アプリで検索してみた。時任、という地名を入れると、その場所にピンが立つ。ここよりもかなり山深いところのようだが、そのすぐ横に細い水色の線が描かれていることのほうが気になった。

「時任ビレッジにも川があるの？」

「ええ、というか、脇川のほとりに作られた村なので」

わたしたちはまた車に乗り込んだ。道すがら、昇はこれから向かう時任ビレッジについて、簡単に説明してくれた。

もともと、稲里市にあった友縁会の拠点は浅沼ビレッジだけで、当時は単に稲里ビレッジと呼ばれていたそうだ。全盛期には百人以上があの場所で生活しており、さすがに手狭になったということで、五キロほど離れた時任に第二の村を設置し、それが時任ビレッジと呼ばれるようになった。

「ただ、団体の規模が縮小して、ふたつとも維持していくのは難しくなったみたいですね」

「じゃあ、時任ビレッジはもう廃墟《はいきょ》なの？」

「今は浅沼ビレッジの一部として、レクリエーション用に使ってるって聞きました。野球場とかテニスコートとかがあったりして」

浅沼ビレッジの駐車場を出てから、しばらく車は森の中を走っていたが、ふと気がつくと、道路のすぐ横が川になっていた。これが脇川らしい。子供でも渡れるほどの小さなせせらぎで、フナやメダカならたくさんいるだろうが、怪魚が潜んでいる感じはしなかった。

やがて、昇が前方を見て、あのへんです、と言った。けれど、わたしにはよくわからなかった。川沿いに空き地や休耕田が並び、その間にところどころ、物置みたいな小屋が建っている。そのどこまでが団体の施設で、どこからが周辺の農地なのか、見た目では区別できそうになかった。

「やっぱり廃墟じゃない」

「うーん」

一応、車を降り、あたりを歩いて見て回った。空き地の真ん中に、錆《さ》びた金属製のポールがにょきっと生えている。

「あれがテニスコートじゃないかと思うんですが、雑草だらけですね」

脇川は、時任ビレッジの敷地に合わせてゆるやかにカーブしている。その内側の部分は砂利が敷かれて、ちょっとした広場になっていた。そこへ下りようとすると、突然、背後から声をかけられた。

「どちらさんでしょうか」

振り向くと、作業着を来た中年の男性がこちらを見ている。

「ああ、すみません」と、昇が言った。「ぼくら、浅沼ビレッジに泊まってるんですよ。こっちでテニスとか遊べるって聞いて寄ってみたんですけど」

全員が宿泊客だということにしたのは、話を簡単にするためだろう。案の定、男はそれで納得したらしい。申し訳なさそうな表情で言った。

「すみません、昔はここもきれいにしてたんですが、今はこんな感じなんで……」

その男性も、もとは浅沼ビレッジに住んでいたが、村の共同生活に不自由を感じ、引っ越してしまったという。これでも会員の中では一番若いそうで、月に何度か、ここへ来て草刈りや修繕をしていると言った。

「勝手に入ってごめんなさい」

「いや、いいんですよ。壊されて困るものもないし。お客さんたちは東京の方？」

「そうです」

「いやあ、もっと若い人が遊びに来てくれたらいいんですけどねえ。いかんせん、何もないもので」

「川の上流にキャンプ場とかはないんですか。スキー場とか」

「ないですねえ。ここより上流へ行くと、もう完全にただの山ですから。道も通行止めになりますし」

昇のほうに目をやると、彼もわたしを見て首を振っていた。どうも、こっちではなさそうだ。狗竜川に戻って上流を探すほうがいいだろう。軽く挨拶《あいさつ》でもしてからその場を離れようとしたとき、不意に男がつぶやいた。

「そういえば、十年ちょっと前に変な噂が流行ったことがあって。そのときは、みなさんみたいな若い方がよく来てましたねえ」

「噂？」わたしは思わず問いただした。「どんな噂です？」

「あまりいい噂じゃないんですよ。おばけが出たとか、それで、人が行方不明になったとか」

わたしは息を呑《の》んだ。男の肩を揺さぶって、洗いざらい聞き出したかったが、さすがにそれは辛抱した。

「よかったら、もうちょっと詳しく教えてもらえませんか？」

＊

稲里の市街地まで戻ってきたわたしたちは、適当なファミリーレストランに入ると、テーブル席に陣取り、めいめいパソコンやタブレットを開いた。三十分ほどで、わたしが見つけた。

「早いですね」

「中学生の頃は、こんなのばっかり読んでたからね。保管庫とか、まとめサイトとか」

インターネットの掲示板では、常にいろいろな話題が雑多に話されている。ただ、その中でも盛り上がったトピックがあると、だれかがそれを集めて、一個のサイトに掲載することがある。とくにオカルト関係だと、心霊現象の体験者が、一連の出来事を掲示板にリアルタイムで報告する、という展開がしばしばあったので、それらを時系列順で読みやすくまとめたサイトは、かなり重宝されていた記憶がある。

「これもそのひとつですか」

わたしが見つけたサイトを、昇もカナちゃんも、自分の端末のブラウザで開いたところのようだ。しばらく三人で、その中身をざっくりと眺めた。

掲示板に最初の書き込みがされた日付は、二〇〇八年の九月となっている。今からほぼ十二年前。わたしは十四歳だった。ネットのオカルト系サイトを熱心に追いかけていた時期だ。そう考えると、このサイトをこれまで目にしなかったのは不思議だった。

「読んだけど忘れちゃったのかな。似たようなのいくらでもあったし」

「この頃は流行ってましたよね、怪異に遭遇したからネットで実況する、みたいなやつ」

近所の山に変な建物があるらしいから見てくる。掲示板のスレッドを作った人間は、最初にそう書いていた。スレッドというのは、掲示板の中で、話題ごとに作成する小部屋のようなスペースだ。そのスレッドが作られた掲示板は、日常のことについて雑多に話す、という趣旨のもので、最初の書き込みも、そうした害のない雑談だと思われていた。

山にある変な建物、ということで、廃墟か、廃村か、それとも何かいかがわしい施設か、というような書き込みが以下に続いた。それらに答える形で、最初の書き込みをした人物がさらに文章を投稿する。何かはわからないが、兄から聞いた。何もない山にぽつんと建っていて、軍の研究所かもしれない、などという。

そんな建物があるわけない、ただの小屋だろう、という反応がほとんどだった。または、このスレッド自体が一種のジョークなのだと理解して、実は知っている、危険な場所だ、これを見て密告した、おまえは消されるぞ、などと調子を合わせるものもあった。

その後も投稿はこまめに続いた。建物の所在地を尋ねる人もいたが、その人物は答えなかった。ただヒントになりそうなことは書いていて、それらをまとめると、なんとなく長野県だということは想像がついた。

その人物にとっても、そこは初めて行く場所だったようだ。近くに新興宗教の施設があって怖い、信者に見張られていたかもしれない、通行止めの柵《さく》があって、車では行けない、などと書きながら、目的地へ近づいていく。

そこまで読んだところで、昇がつぶやいた。

「時任ビレッジのことですね」

わたしも同意する。こちらへ引き返してくる前、一応、道の奥にあるという通行止めの場所の様子をみんなで確認してきた。道路は途中から砕石を撒いた未舗装の道に変わっていて、その突き当たりには、緑色に塗られた門のようなものがあった。中心には鎖が巻きつけられていて、大きな南京錠《なんきん》がぶら下がっていた。地図で確認したところ、どうやら脇川の上流は電力会社の所有地になっているらしい。

スレッドのほうでもその人物が、もう進めなそう、という一文とともに、当時の柵の写真をアップロードしていた。十二年前なので、門自体はまだ新しく見えたが、高圧電流注意などの脅し文句は今と変わっていなかった。

門をどうやって突破したかは詳しく書かれていなかった。結局、その人物はさらに奥へと進んだようだ。別の写真が投稿される。森の中を流れる一筋の小川。苔《こけ》むした岩場の感じが涼しげだが、それだけではハイキング中のありふれた風景だ。

その写真をきっかけにスレッドの雰囲気が変わった。というのも、写真の端に、人の腕のようなものが写っていたからだった。写真を拡大してみると、たしかに腕の形をした白い影がある。それは川の中にある岩の後ろ側から突き出ているように見えた。

「心霊写真だね」

「でも、これちょっと変じゃない？」カナちゃんが言った。「この川の岩、すごく小さいと思うんだけど」

そう指摘されて、あらためて見てみると、たしかに小さい。ズームで撮影されているせいか、一見すると大きな川に見えるが、これが脇川の上流だとすると、川の横幅は二メートル以下のはずだ。とすれば、この岩は三十センチほどの高さしかない。そして、この腕の長さは、さらにその半分以下になってしまう。

「赤ちゃんの手、それか人形の手?」

「作り物ってことですか?」

心霊写真が登場したことで、今度は霊感持ちを自称する人間が現れて独自の「霊視」を始めるなど、スレッドは異様な盛り上がりを見せていた。投稿者も写真に妙なものが写り込んだことは指摘されて気づいたようだが、怯《おび》える様子もなく、川をさかのぼっていく。

そこで投稿者はまた奇妙なものを目にした。川から少し外れたところに広い空き地があり、コンクリートの建物が見えるという。他のユーザーもすぐに反応した。写真をアップロードしろ、という書き込みが相次ぐ。

すぐさま写真が投稿されたが、これまでの二枚に比べると、なぜかひどく不鮮明だった。画像の中央付近にかろうじて、サイコロのような四角い構造物がぼんやりと浮かび上がっている。

ここが例の建物に違いない、と本人は書き込んでいたが、電力会社が所有する土地なのだから、普通に考えれば電気関係の設備を管理する建物だろう。

もっと近寄れ、建物に入れ、という無責任な書き込みと、危険だから引き返せ、という書き込みとが乱れ合い、期待は高まった。ところが、それから一時間あまり、なぜか新しい報告がされなくなった。何かあったに違いない。全員がそう思い始めた頃、唐突に新たな、そして最後の書き込みがなされた。それまでは短文を繰り返し投稿していたのに、最後のものだけはかなり長く、一方で文章はやや崩れていた。

写真を撮影したあと、その人物は皆の期待通り、コンクリートの建物に近づいたようだ。入り口のドアは施錠されていたが、窓がひとつあったので、中を覗《のぞ》くことができた。そこは何もない正方形の部屋で、中央には太い木の棒が一本、柱のように立っている。そして柱の先端には、目鼻のない白い人形のようなものが、なぜか釘《くぎ》で打ち付けられている。

そのとき、背後から自分の名前を呼ばれた。振り返ったがだれもいない。そもそも、自分の名前を知る人がこんな場所にいるはずもない、と気づいた。

恐怖を感じたその人は、すぐに建物から離れた。川沿いに来た道を戻ろうとしたとき、川の中で何か白いものがうごめいているのが見えた。それはぶよぶよとした塊で、人のようでも、魚のようでもある。それが不意に体を起こし、その人のほうを向いた。と、たるんだ皮膚に似た表面がぱっくりと裂け、そうしてできた口のようなところから、奇怪な金切り声で何かを叫んだ。

投稿者は全速力で逃げ出した。どこをどう走ったかはわからないが、気がつけば山奥のどこかにいるという。あの金切り声と、自分の名前を呼ぶ声、そしてべちゃべちゃと水っぽいものが這《は》い回る音は今も聞こえ続けている。助けてほしい。携帯電話のバッテリーは、もうすぐなくなる。文章はそこで終わっていた。

読み終わってしばらく、わたしたちは黙り込んだ。

どう咀嚼《そしやく》して飲み込めばいいのか、迷っていた。いざここまで来たとき、何をすればいいのか考えていなかった。心のどこかで、たぶんないだろうと疑っていた。それがこんなにもはっきりと、手に取れる形で。

その時間はとても長く感じたが、実際には五分ほどだったと思う。最後は意を決して、わたしが言った。

「これ……だよね」

昇もカナちゃんも、無言でうなずく。

「川の中から現れる白い物体、それが名前を呼ぶ、そして、たぶんこの人は死んでいる……」

ここが水源地だ。そう、わたしは強く思った。

＊

一時間後、ふたたび、わたしたちはその門の前に立っていた。時刻は昼過ぎだが、フェンスによって隔てられた向こう側はかなり薄暗く感じられた。門に近づいて押してみるが、びくともしない。これだけしっかりと施錠されていれば当然だろう。

「でも『コーギー』はあっさり通り抜けたんですよね」

コーギー、というのは、失踪《しっそう》したスレッドの作成者に、他のユーザーがつけたあだ名だ。その掲示板サイトはほとんどのユーザーが名前を入力せず、匿名で書き込むのが特徴で、問題の人物も特定の名前は使っていなかった。ただ、家族構成を聞かれたこの人物が「コーギーと一緒に暮らしている」と答えたため、おもしろがった他のユーザーから、このように呼ばれた。

「事件が有名になったあと、よく人が集まるようになった、って言ってたでしょ。それで管理を強化したんじゃないかな」

コーギーが消えたのち、残された手がかりから場所の特定がおこなわれた。長野県の南部にあることは、すでにほのめかされていたので、稲里市というところまではただちに判明した。その後、しばらくして地元在住とおぼしき人物から友縁会や時任ビレッジの情報が出て、この場所だとわかったようだ。

門がだめなら、横から回り込めないかと思った。すぐ横には脇川が流れている。フェンスは川の上にも続いていたが、水中にはないようだった。最悪の場合、川底を這っていけば先に進める。ただそれは最終手段だ。

と、門の反対側にカナちゃんが現れた。わたしと昇は驚いて顔を見合わせた。

「どうやって入ったの？」

「こっち、来て」

カナちゃんについていくと、フェンスの一番端にたどり着いた。山の斜面を石垣で固めた部分があり、そこがフェンスの終端に接しているのだが、完全にくっついてはいないので、わずかな隙間があった。斜面に対してフェンスがまっすぐのため、ちょうど逆三角形のような形になり、ちょっと登れば体を通すことができる。

わたしはどうにかくぐり抜けたが、昇は苦戦していた。仕方がないので、わたしがいったん外に出て後ろから押してやり、ようやく通過できた。

「生きて帰ったらダイエットしますよ」

「縁起でもない」

わたしは笑ったが、ここが目的の場所だとしたら、まったく冗談じゃないかもしれない。わたしたちの想像では、十二年前にここで起きた出来事が、鉱毒のように脇川を流れて狗竜川に注ぎ、触れるものすべてを死の怪談に変えながら海まで達したのだ。本物ならば想像を絶する祟りだった。

全員がフェンスの向こうに下りられたところで、あらためて、道の先へと歩みを進める。門の外までは石が敷かれていたが、こちら側にはそれすらなく、多少、踏み固められたような土の道がずっと続いている。この先は完全に山、と言われていたことを思い出した。

「脇川の流れに沿って登っていくと、空き地が見つかるんでしたよね」

「それと、謎の建物」

「まずはそれを捜してみましょう」

が、歩き始めていくらもしないうちに、もう息が上がってきた。施設に通じる管理用の通路などではない。本格的な登山道だ。車はとても入れないだろう。だとすると、建物はなんのためにあるのか。

「そういえば、丹野さん」

「何？」

「コーギーは最後に、何かが自分の名前を呼ぶ、って書いてましたよね。前世の名前でなく」

言われてみればそうだ。たしかに、そちらのほうがシンプルではあるのだけれど。

「どう考えるべきなんでしょう？」

「そうね……まず、あの和尚さんの話は、あくまで既存の伝説に魚の話題がくっついたものだから、前世の名前とかは本筋に関係ない、というのがひとつ」

「ひとつ、ということは、他にもあるんですか？」

「想像だけならいくらでもできるよ。たとえば、そうだな……ひとりかくれんぼ、って知ってるでしょ」

「ええ。カナさんが動画で配信してましたよね。九十九体同時バージョンを」

そんなものまでチェックしているとは知らなかった。彼はこう見えて、実はカナちゃんに気があるのだろうか。ともかく、わたしは続けた。

「あの中にはさ、人形の名前を呼びながら、刃物で刺す、っていう手順があるよね。それと同じことなんじゃないか、って思うの」

「つまり、呪術的な意味で、殺す対象を確認するとか、そういうことなんでしょうか。でも、前世の名前とは？」

「例の和尚さんは、老衰で亡くなったような書き方だったよね。でも前世はどうだったんだろう」

「……あ」

「あの話では、和尚さんの前世の名前を魚が知っていた……ということはつまり、和尚さんは前世で魚に殺されていた、っていうのをほのめかしていたんじゃないかな」

会話しながら歩いていたので、かなり息が切れてきた。これがハイキングなら、景色を眺めてリフレッシュするところだが、あいにくそんな眺望はない。それでも帰り道を見失わないよう、脇川の流れに注意した。支流や分岐を見落としたら、おかしな方角へ迷い込みかねない。そう思って観察しているうちに、だんだんと違和感を覚えた。何かがおかしい感じがする。

そして気づいた。

「ねえ、あの心霊写真。川から手が出てるやつ」

「あれですか。そういえばどこで撮ったんでしょうね」

「というより、あれ、別の川じゃない？」

昇がはたと足を止めた。スマートフォンを取り出して、画像を確認しているようだ。わたしも同じことをしようとしたが、圏外になっている。あきらめて端末をポケットに戻したところで、あれ、と思った。十二年前の電波状況はこれよりもっと悪かっただろうに、コーギーはなぜ、掲示板への書き込みを続けられたのか。

一方の昇は、あらかじめ画像をダウンロードしていたらしい。そのまま画面と風景とを見比べている。

「たしかに違いますね。この心霊写真の川は、全体的に苔に覆われていて、下草も生えている。でも、こっちの川にはほとんど苔がないし、川岸の地面は土が露出している」昇はわたしのほうを見た。「季節の違いでしょうか？」

「八月と九月でしょ。ほとんど変わらないよ。それに生えてる木の感じも違わない？」

「言われてみれば」

わたしたちは周囲を見回した。今いる場所に生えている木は、ほとんどスギか何かの針葉樹らしく、褐色をした直線の胴体が森の奥までずっと続いている。一方、写真の中の森はもっとバリエーション豊かで、身をくねらせた広葉樹がランダムに並んでいるような雰囲気だった。

「ほら、ぜんぜん違う川でしょ」

「あ、丹野さん」

「何？」

昇が指差すほうへ目を向けると、カナちゃんの後ろ姿があった。わたしと昇がそんな話をしているうちに、カナちゃんはどんどん奥へ進んでいってしまっていた。慌ててわたしたちも後を追う。ここがどんな場所であれ、山の中だ。離れ離れになるのは危ない。

コーギーが門を突破してから、建物に接近するまでの所要時間は、書き込まれた時刻から計算すると三十分ほどだったはずだ。その間も写真を撮影したり、雑談に応じたりしていたから、実際に歩いた距離はずっと短いに違いない。

わたしたちが山道に入ってからもう二十分は経っていた。しかし、あるのは脇川の小さな流れと、土色の道、そして味気ない針葉樹の林だけだ。建物はおろか広場さえも見つからない。

突然、カナちゃんが足を止めた。追いついて、どうしたの、と声をかけようとしたとき、カナちゃんが振り返る。その表情は、なんとも複雑なものだった。

「川が……」

「え？」

そこで、わたしもカナちゃんと同じものを見た。

「川が終わってる」

わたしたちの前にあったのは、細長い滝だった。崖《がけ》というほどではないが、かなりの急斜面があり、中ほどに岩の裂け目がある。そこから澄んだ水が勢いよく湧き出していた。流れ落ちた水は斜面のすぐ下で溜《た》まり、池のようなものを作ると、そこからまた小川になって流れていく。今までわたしたちがたどってきた川。

つまり、ここが一番奥だった。

わたしも、昇も、カナちゃんも、しばし呆然《ぼうぜん》としてその様子を眺めていた。沈黙の中、涼しげな滝の音がわたしたちの疲れと困惑とをまとめて押し流す。やがて、昇が言った。

「スレッドには、滝のことは書いていませんでしたね」

「ここをよじ登ったら確実に一時間かかるよ。投稿時刻が矛盾する」

「だったら、見落としてしまったんでしょうか？」

そうでないことはわたしにもカナちゃんにも、もちろん昇にもわかっていた。森はかなり見通しがいい。脇川を挟んで谷になっているこの領域には、見落とすような分かれ道などなかった。

「実際は、川沿いからだと死角になるようなところに建っているのかもしれません。斜面の裏とか」

昇の仮説に従い、山頂に向かって右手の斜面をわたしが、左手の斜面を昇が登った。そこからぐるりと見渡してみたが、人工的な建物らしきものはない。

滝のところで昇と合流する。彼はぜいぜいと肩で息をしていた。山を登ったり下ったりして探し回るほどの体力は、わたしたちにはなさそうだ。それに心霊写真のこともある。

「山を間違えているんでしょうか。実際には他の場所の体験談を、ここだと思い込んだだけ、ということは」

「でも、門の写真は確かにここだったよ。だからコーギーもあそこまでは来ているはず」

「じゃあ……」

「入り口までは本当で、山に入ってからのことは、みんな嘘」

カナちゃんが言った。おもしろくもおかしくもなく、ただ、事実を口にしている、というような調子で。

それから、わたしたちは元の道を引き返した。白い怪物に追われることも、名前を呼ばれることもないまま、わたしたちは無事に門のところまで戻ってきた。

車に乗り込み、一息ついたところで、カナちゃんが最後の言葉を口にした。

「だから、ここには何もないんだよ」

四、結局そこには何もなかったという話

気がかりな夢を見て目を覚ます。時計はまだ朝の六時前だった。

横になって目を閉じても眠れそうにない。さっきの夢のせいだとわかっているけど、どんな夢だったかはもう思い出せなくなっていた。

わたしは、隣で寝息を立てているカナちゃんを起こさないようにして、そっとベッドから出た。顔を洗い、リビングに戻ってきたところで、さっき見た夢の光景の一部を思い出す。川に人の顔をした魚が何匹もいて、一斉にこちらを見つめてきた。気味の悪い夢だった。

魚の怪談を追いかける旅から帰って、もう一ヶ月以上経っていることに気づいた。昇は今も少しずつあの怪談を調べているようだったが、わたしはすでに興味を失っていた。それはカナちゃんも同じだろう。ここしばらく、カナちゃんの口からあの件について聞いた記憶はなかった。忘れてさえいるかもしれない。

わたしたちが苦労して忍び込んだあの山には、奇妙な白い魚も、不気味な人形のある怪しげな建物もなかった。ただのありふれた、杉の木だらけの里山だった。透き通った川に、そこそこ見事な滝もあったが、それだけの場所だ。

ホテルに戻ってから、あらためて掲示板のログをじっくりと読み進めた。コーギーと呼ばれる人物が失踪《しっそう》してから、何人か物好きな人物が現れて、あの山に入り込んだらしい。もちろん、実際は行っていないのに行ったと主張する人もいただろうが、多くは律儀にあの場所まで来て、わたしたちと同じ体験をした。つまり、何も見つけられなかった。

ネット上の航空写真で確認しても、あの山の中に広場や建物は見当たらない。コーギーが恐ろしい目に遭う原因となった謎の施設など、最初から存在しなかった。

もう少し調べてみると、コーギーが撮影したという写真の詳細を分析したサイトなども見つかった。それによれば、最初に投稿された門の写真は確かに本物らしかった。ただ、残りの二枚はまったく別の場所の写真だったという。

川に手のようなものが見える写真については、写り込んでいる植物などからして、長野県よりもっと標高が低く温暖な地域の写真だろう、ということだった。また、謎の建物を写したという写真はそもそも不鮮明すぎてよくわからない状態だったが、明度や彩度を調整してみると、奥に高いビルのようなものがあることがわかった。ということは山奥でなく、どこかの町中で撮った写真だった、ということになる。

これらの疑わしい点は当時の掲示板のユーザーも気がついていたらしい。現地に行った人々からの報告が増えるにつれて、コーギーの体験談の信憑《しんぴょう》性は失われていった。それでもごく一部の人間は、コーギーの体験が本物である可能性を信じて、あるいは単におもしろがって、あてのない捜索を続けていたようだ。

そういえば、吉澤が似たようなことを言っていた。十年くらい前、狗竜川の流域で心霊スポット探訪がブームになった時期があるとか。それはもしかすると、コーギーの事件の真偽を確かめに来たネットユーザーたちだったのかもしれない。

それから一年近く経ったある日、同じ掲示板に突然、コーギー本人を名乗る人物が現れた。といっても、匿名なのだから確かめるすべはない。ただ当人がそう名乗ったというだけだ。

その人によれば、あの場所に変な噂があると、兄から聞いたところまでは本当だという。そして、実は兄自身もあの場所に行って奇妙な体験をしていた。コーギーは、兄の体験談を大きく脚色し、拾い物の心霊写真や、不気味に見える建物の写真を使って、架空の冒険をでっちあげた。それが事件の真相だという。

当時の反応はもちろん半信半疑、どちらかといえば、ほとんど疑われていた。この書き込みをした人物が本人だという証拠はないし、仮に本人だったとしても、写真は偽物だが事件そのものは本当だった、という方向へ持っていきたがるのはいかにもやらせくさい。兄が実在するかどうかも怪しい。

結局、その人物はそれ以上の投稿をしなかったので、真偽はわからないままで終わった。わたしが本人です、というパターンの書き込みはその後も数え切れないほどおこなわれたようだが、事件の真相がわかることはなく、掲示板のあったサイトが閉鎖され、別のサーバーへ移行すると同時に、この話題を出す人もいなくなった。

「脇川じゃなかった、というだけじゃないでしょうか」

山から帰った翌朝、ホテル前で合流した昇は、開口一番にそう言った。

「本当の水源地は、狗竜川のもっと上流にあるのかもしれません。とりあえず、そっちに向かってみましょう」

しかし、自分で言っておきながら、昇本人がそれを信じていないことは、わたしたちにもわかった。

ファミリーレストランで、失踪事件の顚末《てんまつ》を読んだとき、絶対にこれだと確信した。考えてみればわたしたちはずっと不思議な力で誘導されてきた。釣り上げると死ぬ魚に、河童《かっぱ》池の怪談や、万十堂の怪談。まるで見つけてもらいたがっているかのように、行き詰まったところから新しい情報が現れた。だから、あの場所なのだ。時任ビレッジの奥、脇川の最上流。そこに何かがあり、そこ以外にはない。本当にあるのだとすれば。

その日もあちこちで聞き込みをしながら、一日かけて狗竜川本川の水源である東神湖までやってきた。しかし、それらしい手がかりはひとつもなかった。本当にひとつも。

わたしとカナちゃんは、そこで昇と別れた。新宿行きの特急に乗り込み、帰宅した。その間、わたしとカナちゃんは他愛のない話で盛り上がったが、魚の怪談の話は一度もしなかったように思う。

これでやっと終われる、という気持ちだった。晴れ晴れとした結末などではなかったが、心残りもない。とにかくひとつ終わらせた。そういう気分だった。

それから一ヶ月。

わたしはあいかわらず怪談師の仕事をしていた。人が死ぬ怪談を追いかけることはやめたのだから、これも廃業すべきでは、と考えたこともあったのだけど、カナちゃんに反対された。目的はなくなっても、怪談が好きなら続けてみればいい、と彼女は言った。それに、ほかの仕事なんて、いまさらできないでしょ、と。

残念ながらカナちゃんの言うとおりだ。

それに、カナちゃんの過去のこともあった。この世に呪いが実在しないことを証明するという彼女の目的は、まだ完全に果たされたとはいえない。たまたまこの事件はガセだったというだけだ。いつになるかはわからないが、カナちゃんが過去から自由になれるまで、わたしも付き合おうと思う。

そういうカナちゃん自身は無職から抜け出した。いや、そうしようとしている、というほうが正しい。釣り堀や将棋クラブへ通いつつ、アルバイトや就職の面接にも通うようになった。わたしは、別にどちらでもかまわない。お世話になっている版元から連絡があり、新しい本を出さないか、というオファーがあったばかりだ。吉澤のネガティブキャンペーンにもかかわらず、新しい仕事はコンスタントに舞い込んでいた。カナちゃんひとりくらい養えるだろう。

帰ってきてから、わたしたちは、それまで別々だったふたりの寝室をひとつにした。空いた部屋には本棚を入れて、資料部屋にした。事務所に置きっぱなしだった本や雑誌が山ほどある。もともとカナちゃんの部屋を作るために移動したのだが、自宅にあるほうが便利だ。

昇はあれからも狗竜川周辺の怪談を探し回っている。ときどき、見つけた新しい怪談をわたしのところへ送ってきて意見を求めるのだが、どれも無関係な話に思えた。長野県にも毎週のように足を運んでいるようだ。学業に影響しなければよいが、と思う。

そんなことを考えながら、仕事用のノートパソコンを広げて日課のメールチェックなどしていると、寝ぼけ顔のカナちゃんがリビングにやってきた。

「ごめん」と、わたしは言った。「うるさかった？」

「なんでもないよ。喉《のど》が渇いただけ」

そう言って彼女はキッチンのほうへ歩いていく。その後ろ姿に向かって、わたしは呼びかけた。

「今日の晩ごはん、ふたりでどこか食べに行こうか」

「え、なんで？」

「カナちゃんの就職祝い」

戻ってきたカナちゃんは手に水の入ったグラスを持っている。

「まだ就職してないから」

「いずれするでしょ。先にやっても一緒だよ」

「考えとく」

カナちゃんはその水をおいしそうに飲み干すと、また寝室へ戻っていった。二度寝するつもりだろう。わたしも少し眠くなってきた。けれど今日は朝から大事な用事があるので、今から寝直すわけにはいかない。眠気覚ましにコーヒーを淹《い》れたりしているうち、ちょうどよい時刻になったので、わたしは家を出た。

駅の前に行くと、券売機の横で松浦さんが待っていた。

「よお」

「ごめんね、わざわざ付き合ってもらって」

「何を言ってんだよ。いまさら、そんなこと気にしねえって」

松浦さんとふたりで電車に乗り込む。向かう先はわたしの実家、それも叔父《おじ》夫婦が住んでいるほうではなく、わたしの生まれた家のほうだ。

両親が死んで、わたしが叔父の家に引き取られてから、その家は空き家になっていた。だれも住まないのだから処分してもよさそうなものを、叔父たちはわざわざ残していたらしい。いつか、わたしがそこで暮らすんじゃないか、と思ったそうだ。

結局、そういう暮らしにはならなかったわけだけど、あの家はまだ残してあった。処分について、ずっと迷っていたからだ。それでもわたしは売ることに決めた。そう松浦さんに相談したら、昔からの知り合いだという不動産屋さんを紹介してくれた。まずは現地を見てからということで、家まで来てもらうことにしたのだが、そこに松浦さんも立ち会ってくれることになった。

「狗竜川の件、結局どうなったんだ？」

そういえば、東京に戻ってきてから、松浦さんと直接会って話すのはこれが初めてだった。

「あれは結局『釣り』だったんだよ」

「釣り？」

「ネットの掲示板で、でたらめな話を書いたりして、人をかつぐこと」

「ああ、あれか、要するにガセネタで引っ掛けられたってことか。魚を釣りに行って、自分たちが釣られちまった、っていう」

うまいこと言っただろ、という顔でわたしを見てくる。わたしは何も答えなかった。松浦さんは照れたように咳払《せきばら》いして、言った。

「とはいえ、旅行したと思えばいいよな」

そう締めくくるには、いろいろなことがありすぎた。吉澤の一件もあったし、カナちゃんの過去のこともわかった。わたしは自分の生き方を考え直した。そういう意味では、まあ、よい旅だった気もしてくる。

最寄り駅で降り、バスに乗り換えて十分。数年ぶりに立ち入った我が家は、思ったよりきれいだった。聞いたところでは、叔父と叔母《おば》が定期的に来て掃除してくれているそうだ。わたしたちより少し前に着いていたという不動産屋の担当者は、人のよさそうな青年だった。彼は松浦さんと玄関先で、その節はお世話になりました云々《うんぬん》というたぐいの挨拶《あいさつ》を始めたので、わたしは家の中で時間をつぶすことにした。

祖父の仏壇があった部屋に入ってみる。仏壇は、祖父の姉にあたる人がだいぶ前に引き取っていったから、ここにはない。ただ壁の一部に日焼けの痕《あと》だけが残っている。

この前に座り、母と手を合わせたことを思い出した。天井に祖父の顔が見えて、幽霊じゃないかと怯《おび》えた。今にして思えば、あれはただの夢だったのだろう。でも、泣いているわたしのために、母は祖父が幽霊になって帰ってきたという物語を作って、わたしに聞かせた。きっと、それだけのことだ。

家族の寝室だった部屋にも入った。ちょうど、幼い頃のわたしが寝ていた位置に寝そべって、祖父の顔が浮かんだあたりに目をやった。白い天井。カーテン越しに日光がやわらかく差している。わたしはそっと目を閉じた。

「おい、こんなところで寝るなよ」

松浦さんが部屋に入ってくるなり、大声を出した。わたしの物思いはそこで中断された。

シャッ、とカーテンを引く音がする。

「おっと、こっちの生け垣もきれいにしないとなあ」

ひとりの時間を邪魔されたことに文句を言おうとして、わたしは目を開けた。

その瞬間、天井に見知らぬ男の顔が浮かんで消えた。

「え？」

わたしは慌てて体を起こした。

「どうした？」

「今、そこに人の顔が」

立ち上がり、顔が見えたあたりを観察したが、何もない。周囲と同じ、白いクロスが貼られた天井だ。でもさっき、一瞬だけここに顔のようなものがあった。どんな顔だったかは一瞬のことでわからなかったが、少なくとも祖父ではなかった。

ちょうど、水回りの確認を終えたらしい不動産屋さんが報告のため戻ってきたが、わたしはそれどころではない。代わりに尋ねた。

「脚立、持ってますか？」

「え、ええ。一応、ございます」

持ってきてもらった脚立に登り、天井に鼻がくっつくほど顔を近づけて、もっとよく調べた。すると気づいたことがあった。クロスが均一に貼られていない。

「ここ、クロスが少したわんでますよね」

「ああ本当ですね。でもそれくらいなら瑕疵《かし》にはなりません。査定への影響も……」

「査定なんかどうでもいいんです」

盛り上がったクロスの表面を指でなぞるうち、もしかして、と思った。

「松浦さん、ライト」

「はいはい」

ペンライトを受け取った。もともとは床下や屋根裏の様子を見るために準備してきたものだ。その光で天井をいろいろな角度から照らす。

「やっぱり」

「おい、説明してくれ。そこに何があるんだ」

「何もない」

「はあ？」

わたしは、下からもよく見えるよう、脚立の上で体の位置を変えた。

「見て、ここの天井のクロスのところ。しわみたいに盛り上がってるでしょう」

「ああ、湿気のせいかな」

「で、ここにある角度から光が当たると」わたしはライトをつけた。「ほら、人の顔に見える」

松浦さんと不動産屋さんは、わたしが示した方向に回り込むと、焦点を合わせるみたいに顔を動かした。やがて、口々に言った。

「確かに、そういうふうにも見える」

「ああ、やっとわかりました。あれが目で、こっちが鼻……うわあ、おもしろいですねえ」

幼い日、自分自身に何が起きたのか、わたしはようやく理解した。

天井のこの部分は、光の当たる角度によって、ちょうど人の顔のようにも見える形の凹凸がある。部屋の窓から、水平に入って来るような光だ。昼ならば、午前中のある時間帯の日光。夜ならば、外を通る車のヘッドライト。

じっくりと眺めていれば、それがただの天井の一部であることはわかる。でも何かのタイミングで一瞬だけ光が当たれば、あたかも人の顔らしきものが現れて消えたように見える。あの夜、わたしが見たものはこれだ。祖父の顔などではなく、もちろん霊の姿でもない。幼いわたしは、ただ顔のような形をした天井のクロスのしわを見て泣いたのだ。母はわたしを落ち着かせるため、それはきっとおじいちゃんの幽霊だよ、と言った。わたしは自分自身を納得させたくて母の言葉を受け入れた。それでいつの間にか、わたしの記憶の中では、天井に浮かんだのは祖父の顔だったことになっていた。

だから、ここには何もなかった。わたしと母とがふたりで、ただの天井の上に怪談を作り出したのだ。わたしと、祖父と、そして母との怪談。

そうしたものはひょっとしてありふれているのかもしれない。みんな何かを納得したがっている。信じたい何かがあって、そうするだけの根拠を求めている。わたしもそうだった。

カナちゃんもそうだ。大切な人が死んで、わたしたちは死ななかった、その理由を探していた。

「ごめん、ちょっと……」

松浦さんにそう言って、なるべく顔を見せないよう、部屋を出た。トイレに入って鍵《かぎ》をかける。それから、わたしは声を殺して泣いた。両親が死んでから、自分が何をしようとしていたのか、やっと理解できた。

わたしが探していたのは、人が死ぬ怪談じゃない。人が死んだあとで、わたしだけ生き残ってもいいのだとわかる怪談だった。

＊

ばれてない、と自分では思っていたのだけれど、そんなことはなかったはずだと、あとで鏡を見て知った。まぶたを赤く腫《は》らして化粧のところどころ落ちた顔を見れば、泣いていたことくらいすぐわかる。

でも松浦さんは何も言わなかった。その代わり、うまいそば屋があるから、と言ってわたしを連れて行き、天ざるそばをおごってくれた。

そばを食べながら、先ほどの発見を松浦さんにも話して聞かせた。子供時代にあった不思議な体験と、その正体について。聞き終わると松浦さんはやけに感じ入った様子で、大きくうなずいた。

「そういえば、おれも弁護士仲間から、似たような話を聞いたよ」

「似た話って？」

「死んだばあさんが出てくる話さ」

以前、ある青年が、窃盗の疑いで逮捕された。彼は無職だったが、一年ほど前までは介護サービスの会社に勤めていた。そのときの利用者のひとりだったおばあさんの家に侵入し、金を盗んだという。

「ところが、本人は盗んでないと言うんだな。会社を辞めて金に困っていた。だから、仲良くしていたばあさんに貸してもらっただけだ、と」

「でも問題があるわけね」

「ああ、時期がな。そいつが会社を辞めてすぐ、そのばあさんは亡くなってる。金の無心ができたはずはない」

警察から矛盾を指摘されると、青年は沈黙し、何も語らなくなった。彼を担当することになった弁護士は、どうにかして本当の事情を知りたいと思った。そこで彼にいろいろと質問をした。おばあさんとはどのように会ったのか、どんな様子だったか、など。

「そうしてみると、どうもおかしな話なんだな。そいつが深夜にばあさんの家の近くを通りかかったとき、そういえばここがあの家だ、と思って、ちょっと覗《のぞ》いてみたんだそうだ。すると、窓辺にそのばあさんが立って、手招きしていたらしい」

青年は不審に思いながらも、裏口から庭に入って、おばあさんの部屋に上がった。おばあさんは壁にかかった絵の額縁の裏から、金の入った封筒を取り出し、青年に手渡したという。話を聞いた弁護士は、半信半疑ながらも一応、被害者の家に行って事実を確認した。

「すると驚いたことに、その男が見たっていうばあさんの服装やなんかが、自宅で倒れて亡くなったときに着ていたものと同じだったんだと。絵の裏に金が隠してあったなんてことも、家族はだれひとり知らなかった」

「つまり、おばあさんの幽霊が青年を招き入れて、お金を渡してあげた、ってわけね」

「そういうことになるな。いい話だろ?」

わたしはうなずいて、でも、残念ながら違うと思う、と言った。

「絵の裏にお金があった、っていうのは青年が主張しているだけだよね。本当は別の場所に隠してあったのかもしれないし、生前、本人から聞いたのかもしれない」

「かもな。でも、服装のほうはどうなる」

「その人がよく着てた服ってだいたいわかるでしょ。介護が必要なお年寄りなら、そう頻繁に新しい服を買うこともないと思うし」

松浦さんは、腕を組み、ううん、とつぶやいた。

「しかし、そんな話をわざわざでっちあげてどうすんだ。幽霊にもらったなんて裁判で通るはずないし、弁護士だって信じるもんか」

「それは先入観だよ」吉澤みたいな言葉を使いたくないが、仕方ない。「現に、その弁護士はわざわざ家族に聞き込みまでして確認したわけでしょ。人間は、苦労して手に入れた情報ほど、本物だと思いたがるって言うじゃない」

「でもなあ……」

どうしても、これは幽霊の仕業だったのだ、という話に持っていきたいらしい。そんな松浦さんを見ているうち、ふと昔のことを思い出して笑ってしまった。

「なんだよ」

「違うの。昔、叔父さんの家でもこんな話したよね、って思って。あのとき食べていたのは、そばじゃなくてそうめんだったけど」

「ああ、覚えてる。おまえがまともに口を利くようになったのも、あの日からだったな」

「あのときも同じことを言った気がする。幽霊がいると思うから、なんでも幽霊のせいに見えるんだ、って」

するとき松浦さんは不意に、そういえば、あの話もそうだ、と言った。

「どの話のこと？」

「先入観はよくないっていう話さ。なんだっけ、ほら、人が串刺《くしざ》しになって殺された事件はあるか、っていう」

記憶をたどるのに、かなり時間が必要だったけれど、最終的に思い出した。かなり前に、カナちゃんとふたりで出かけた、串刺し人形の森のことだ。そこにまつわる噂話のひとつに、森でいたずらした人のところへ人形の群れが現れ、串刺しにして殺すというのがあった。本当にそんな事件があったかどうか、松浦さんにも調べてもらったのだった。

「でも、そんな事件はないって言ってたよね」

「いやあ、あれは本当に先入観が原因だな。夜中、寝ている間に人形が来てどうのこうのなんて話を聞いたもんだから、てっきりベッドの上で刺されたんだと思っちまった」

わたしはかじりかけの海老《えび》天をいったん皿に置いた。

「ちょっと待って、違うの?」

「頭を串刺しにされて死んだ事件、あったんだよ。ただ、場所は山の中だ」

「転んで枝が刺さっちゃっただけみたいに聞こえるけど」

「枝じゃない、もっと太い、丸太みたいな棒らしい。それが顎《あご》から脳天まで突き刺さってた。だれがどうやったのかも不明。謎の事件ってことで、その筋じゃ有名なんだと」

こうなると、もう天ぷらどころではなかった。

「それって、場所はどこなの?」

「ちょっと待ってくれよ……」

わたしがこんなに食いつくとは思わなかったのだろう。松浦さんは、いそいそとメモ帳を取り出した。それによれば、遺体が見つかった場所は、長野県の山中だという。わたしたちが出かけた串刺し人形の森は北関東なので、遠いと言えば遠いし、近いと言えば近い。

「事件があった年は？」

「昭和五十六年、ってことは……一九八一年だな」

かなり古い。串刺し人形の森が話題になり始めたのはインターネットが普及してからのはずだが、深いところでつながっている、ということはありそうだった。

「これはもっとよく調べないとね」

「なんだ、そういうのはもう探さないことになったんじゃないのか」

わたしには必要ないが、カナちゃんにはまだ必要だ。人が死ぬ呪いを見つけて、そんな呪いが実在しないことを確かめる。釣り上げると死ぬ魚の怪談は片づいたけれど、ほかにも同じようなものがあるなら放置できない。

わたしは、串刺し死体が見つかった事件について松浦さんが調べてくれたことを一通り聞き出した。近いうちにまた長野県まで行くかも、とわたしが言うと、それならおれも誘ってくれ、と松浦さんが言った。わたしたちが狗竜川を車でさかのぼった旅の話を聞いて、そういう旅行に興味が出てきたという。そのうちね、とわたしは答えた。

別の用事があるという松浦さんと駅で別れたあと、わたしは昇に電話をかけた。あれ以来、向こうからときどき調査の進捗《しんちょく》を伝えてくることはあったが、こちらからかけるのは初めてだ。

電話に出た昇の声は少し疲れているようだった。

「丹野さんですか。すみません、こっちはまだ何も……」

「ああ、魚の件じゃないの。別の怪談。こっちはまだ見込みありそうだから、いい加減に乗り換えたら、って思って」

そう前置きした上で、わたしは松浦さんから聞いた話を昇にも教えた。串刺し人形の森のこと、それにまつわる怪談、噂にあるのと似た死に方をした人が実在したこと。そこまで伝えるとようやく昇も興味を持ったようだった。

「長野県、っていうところが気になりますね。オリジナルの串刺し人形の森はたしか……」

「そう、場所が違うの。日帰りで行ける距離ではあるけど」

「ひょっとすると、それも魚の件と同じかもしれませんよ」

「同じ、って、怪談が移動する、ってこと?」わたしは不思議に思った。「でも、こっちは川もないのに」

「そこなんですよ。ぼくが言いたいのは。どうして、川があれば移動してもおかしくないんです?」

言われてみれば、ちょっとずつ違う怪談が移動しながら語り継がれるなんて現象は、たぶん、めったに起きるものではない。川があろうとなかろうと、そこに変わりはない。

「集めた怪談の中には、ただ川の横に立ってるホテルの話とか、ビルの話とかもありましたよね。だから、もしかすると狗竜川の存在は本質的には無関係じゃないかと思うんです。ただ、ぼくたちが川沿いに追いかけていったから、狗竜川が重要なファクターとして常にそう見えていただけで」

「それって、もしもわたしたちが別のルートで怪談に迫っていたら、川と無関係な怪談もあったはずだってこと？」

「現に、最後の怪談はそうでしたよね。あれは建物と人形の怪談です。川はあまり……」

わたしと昇は、たぶん同じ単語に反応して言葉を切った。

「人形？」

記憶の底から、掲示板に書き込まれた体験談の詳細を掘り起こす。のちにコーギーと呼ばれる人物が、脇川をさかのぼっていった場所におかしな建物を見つける。窓から覗くと、その中にあったのは一本の柱。そして先端には打ち付けられた人形。

「ねえ」と、わたしは言った。「仮にこのふたつの話がつながったとしたら、すごいと思う？」

昇は質問に答えなかった。ただ、探してみます、と答えた。

＊

昇からさらなる情報がもたらされたのは翌週になってからのことだった。

その日、わたしとカナちゃんは、自宅に新しく作った資料部屋の整理をしていた。本や雑誌、ホラー映画や心霊ドキュメンタリーのＤＶＤなど、事務所の場所を塞《ふさ》いでいた資料をこちらへ移したのはよいが、それきり箱を開けることもなく放置していた。ずっとそのままにはしておけないので、覚悟を決めて開封していくことにした。が、作業を始めたばかりのところへ、昇から電話があった。

わたしは仕方なく作業の手を止めた。

「もしもし」

「見つけましたよ、別のラインです。串刺し人形の森から、ここまで」

出るなりすぐに会話が始まったので、わたしはやや混乱した。

「ここって？」

「時任ビレッジです」

「きみ、まだ稲里にいるの？」

「カナさん、そこにいますよね？」昇は、努力して興奮を抑えているような、独特の調子と息遣いで話した。「聞こえるようにしてあげてください」

　わたしはカナちゃんに軽く目配せした。彼女はちょうど別の箱を開封し始めたところだったが、わたしの話した内容から、会話の用件も察しがついたのだろう。そばへ近寄ってきたところで、電話のスピーカー機能をオンにする。

「ぼくが調べたことを、手短に伝えますね」

「お願い」

「まず、例のスレッドで最後に現れたコーギー、彼はどうやら本当のことを言っていたようです」

　コーギーが消えてしばらく経ち、作り話ではないかという意見が大勢を占めつつあった頃、失踪した本人を名乗る人物が掲示板に書き込みをしていた。彼は、現場で失踪したというのは嘘だが、実際におかしな噂があった場所というのは本当だ、と言い訳した。けれども他のユーザーにはほとんど信じてもらえなかった。

「本当というのは？」

「あの場所に怪談があったという話です。でも、魚の怪談じゃない。人形の怪談でした」

「串刺し人形の怪談ってことね」

「そうです。もっと言えば、串刺し人形を含む一連の怪談の系譜です」

　昇がその怪談を調べた方法は、わたしたちが魚の怪談でやったのと同じだった。わかっている怪談の中から、共通点を抜き出したのだ。

「人が死ぬという点は同じです。魚の怪談と違うのは、人形と柱、そして名前」

「柱というのは、串刺し人形でいうところの串だよね。名前って？」

「串刺し人形のおまじないを思い出してください」

そういえば、串刺し人形の森に人形を置くのは、自分の嫌いな部分を取り除くおまじないである、という話を読んだ記憶がある。そこではたしか、人形を自分の名前で呼び、最後に串で刺しながら、死にました、と声をかける。

「ぼくたちが最後に行ったあの場所にも、似た怪談があったことを突き止めました。川の奥にヒトガタの柱が立っていて、そこに近寄ってはいけない。もし自分の名前を呼ばれたら、決して振り返ってはいけない、という」

「それが二〇〇八年頃の話？」

「いえ、この怪談は『信州の奇談・妖怪伝承』という、一九七四年に出版された本に載っていました。ルーツはもっと古いかもしれません」

「……どういうこと？」

目の前ではカナちゃんが、硬い表情のまま、スマートフォンを見下ろしている。わたしたちはずっと、一連の怪談はある時点で生まれ、そこから狗竜川を下り始めた、と考えていた。それが実ははるか昔からあの場所にあった怪談だとすると、まるでひっくり返ってしまう。

「ここからはぼくの考えというか、妄想に近いんですが」

「いいよ。続けて」

「人形がいて、名前を呼ぶという怪談。これは脇川の上流にもともとあったんでしょう。そして、類似した怪談をたどっていくと串刺し人形の森に行き着く。これはたぶん普通の、当たり前のルートです。噂が少しずつ改変されながら、別の地域に伝わっていったという」

「串刺しの遺体が見つかった、っていう事件があったよね。ただの柱が串に変わったのは、その出来事にまつわるイメージを取り込んだからか」

「きっとそうだと思います。一方で、二〇〇八年、つまりあの掲示板の事件があったのをきっかけに、今度は魚の怪談が狗竜川を下っていった」

「怪談が変化した？」

ある怪談の要素の一部が変化して、別の怪談になる、というのはよくあることだ。たとえば「赤い紙、青い紙」という怪談がある。これは学校のトイレで起きるとされる怪異で、個室に入って用を足しているとどこからか「赤い紙と青い紙、どちらがよいか」という声がする。それに答えると、赤ならば失血死、青ならば窒息死してしまうというものだ。この怪談は、紙ではなくマントやちゃんちゃんこになったり、色の組み合わせが変わったりという多くのバリエーションがあって全国に伝わっている。

だから、もとは人形の怪談だったものが、「声を聞くと死ぬ」という要素だけ取り出した水辺の怪談に変わる、というのもありそうなことだ。わたしがそのように伝えると、一応、昇は同意したあとで、こうも付け加えた。

「ぼくが言いたいのは、ここはやっぱり、何もない場所なんかじゃなかった、っていうことです」

「そうかもね。でも、どっちにしてもわたしたちは名前なんか呼ばれなかったわけだし」

「条件があるのかもしれません。ぼくはもう少し、あの場所を調べてみます」

「ちょっと」思わず声が大きくなった。「危ないことしないでよ」

「大丈夫ですよ。丹野さんだって、人が死ぬ怪談はもう信じてないんでしょう?」

「それはそうだけど」

そう言いながら、わたしはカナちゃんのほうをちらりと見た。カナちゃんは、いままで見たこともないほど真剣な表情をしている。わたしは迷った。昇を心配するなら、それは呪いが実在すると認めることになるんじゃないか。かといって、このまま彼を暴走させておくわけにもいかない。

「とにかく、この件は保留で。きみも東京に帰りなさい。その様子じゃ大学院にもほとんど行ってないでしょ」

「それはいいんです。修了が一年遅れるだけですよ」

「でも」

「また何かわかったら知らせます」

それだけ言うと昇は一方的に電話を切ってしまった。不安がどんどん大きくなる。彼は何を始めるつもりなんだろう。あの川には何もない。そういう結論になったはずだ。そういう場所に、あえて執着するだけの何かが、昇にはあるのだろうか。

だけど、カナちゃんまで不安にさせるわけにはいかない。何より、ここへ来てわたしはまた、この怪談が「本物」だと信じつつある。そのことをカナちゃんに悟られたくなかった。

「いや、あの子って、こういうところがあるんだよね。とにかく何かそれっぽい理屈をつけたがるっていうかさ」

「けど、今の話だと、やっぱりあそこには怪談があった、っていうことだよね。作り話じゃなかった」

「それは違うよ。名前を呼ばれたら振り返っちゃいけない、なんて昔話はどこにでもあるし、コーギーだって体験談の中身自体が作り話なのは認めてるんだから」

さあ、続き続き。わたしはわざと明るい声を出して、箱の中身を取り出していった。これには実話怪談の本がぎゅうぎゅうに詰めてある。いただきものの本も多いので、きちんと管理すべきなのだが、「なんとか怪談」だの「なんとか百物語」だの似たようなタイトルが無数にある上、どれも一様に真っ黒い表紙で、取り出してめくってみないとなんの本だったか思い出せない。

ところがカナちゃんは、自分の担当だった箱をそのままにして、部屋を出ようとする。

「どうしたの」

「ちょっと休憩」

まだ始めたばかりなのに。でも引き止めるのは逆効果に思えたから、そのまま出て行かせた。

ひとり残されたわたしは、ただ黙々と本の仕分けをした。

ふと、一冊の本が目に留まった。吉澤の書いた本だ。こんなものはもう捨ててしまおう、と手に取ったところで、何気なく裏表紙を見た。釜津、という単語が目に入る。どうやら、釜津市の周辺で取材した怪談が収録されているらしい。

捨てる前に一度だけ目を通しておこう。そう思って本を開いた。何話か飛ばし読みしたところで、その怪談を見つけた。冒頭部分だけ読んでみて驚いた。Mビルに住むモノ、というタイトルで書かれていたのは、あの万十堂ビルの怪談だったからだ。それなら別にいいか、と思ったが、一応、最後まで読んでみる。

これはKさんという人から聞いた話、という体裁になっている。そのビルの一階に和菓子屋があったとか、ご主人が亡くなって閉店したとか、そこの三階から五階で住民の自殺が起きているとかいうところは、わたしが八板町で聞いた話の通りだ。もしかするとこのKさんというのが北里さんのことかもしれない。

ところが、肝心のそれ以降が別物だった。まず狗竜川は出てこない。その代わり、そこの住民は部屋の中でおかしなものを見る。それは見知らぬ老人で、夜など、部屋の隅にすっと立って、寝ているところを見下ろされたりする。その老人を見た人は、不思議と体調がすぐれなくなるという。もしかすると死んだ和菓子屋の主人が上階に現れているのだろうか。そんな一文で結ばれていた。

いても立ってもいられず、わたしはその場で、以前に聞いていた北里さんの連絡先へ電話をかけた。最初、彼女は怪訝《けげん》そうだったが、わたしが前に会った怪談師で、あのときの話を本にしたいから、確認のために電話した、と伝えると喜んだ。本を出すのは事実だから、でまかせというわけじゃない。北里さんいわく、自分の話が本になるのは、これで二度目だという。

「一度目はどんな本でした？」

「たしか、このあたりの出身で、吉澤さんという作家の方が取材にいらしたんです。怪談と関係のないプライベートな質問をされたりして、正直、ちょっと嫌だったんですけど」

あの男め。

「それって、わたしに話してくださったのと同じ内容でしょうか」

「ええ、そうです。……あ、いけない。これだと盗作みたいになってしまいますよね？」

「かもしれませんね。実は、そのことを確認したかったんです」

やっぱり収録は見送ることにします、と伝えると、彼女は残念そうだった。その反応で、わたしは確信した。北里さんは自分の怪談が途中で変化したことに気づいていない。狗竜川や、その中に立つもののことについては。

「ちなみに、その話を吉澤さんという人にしたのがいつか、覚えてますか？」

「たしか、娘がお腹にいたときだったから、八年前でしょうか」

子供の生まれた年とセットなら、その記憶は正確だろう。吉澤の本の奥付を見ると二〇一八年になっていたが、あとがきでは、以前から集めていた話をこの機会にまとめた、とも書いてある。

わたしは、北里さんにお礼を言って電話を切った。それから、資料部屋の棚にしまっていた魚の怪談の記録ノートを、ふたたび取り出した。北里さんが彼から取材を受けた二〇一二年、魚の怪談はまだ長野県内にあった。稲里市内を流れる狗竜川で、女の子の遺体が発見された年だ。

わたしは、ノートを前にしてしばらく考え込んだ。

二〇〇八年、掲示板に書き込まれたでっちあげの怪談が独り歩きして、狗竜川沿いに拡散し、さまざまな怪談を作った。これ自体はありそうな話だ。逆にわたしたちが、リンカーンとケネディの類似を指摘する都市伝説のように、たまたま重なっているに過ぎない共通点を恣意《しい》的にピックアップし続けた結果、あたかも一連の怪談が拡散しているように見えた、ということも考えられる。これだって現実的な解釈だ。

しかし、北里さんの話はどうなるのか。怪談の変化が事実だとすれば、狗竜川を下っていく怪談は、ただ広がったのではなく、すでにあった怪談さえも変化させた。そして、川の中から現れ、言葉を発する何かの存在を、話に割り込ませた。

その何かは、昇によれば、あの場所に昔からいるものだという。

背筋に寒いものが走ったわたしは、とっさに立ち上がった。考えがまとまらない。情報が少なすぎるせいで、悪い方向にばかり想像が膨らむのだろう。温かい紅茶でも飲みながら、カナちゃんと話したほうがいい。

廊下に出て、リビングへ向かったが、カナちゃんの姿はない。

「カナちゃん?」

大声で呼んだが返事はなかった。寝室、洗面所、トイレ。順番に開けてみるも、彼女はいない。

猛烈な不安に襲われたわたしは、急いでカナちゃんの携帯に電話をかけた。二回、立て続けにコールしたが、どちらも向こうから切られた。そして最後に一文だけのショートメッセージが、カナちゃんから届いた。

必ず帰るから、心配しないで。

結局、夜になっても、翌朝になっても、カナちゃんが戻ることはなかった。

＊

いくつかのトンネルを抜け、長野県に入っても、雨は止まなかった。カーラジオから聞こえてくる天気予報によると、本州全体を覆う前線のため、深夜まで大雨が続くだろうということだった。

「長野へ行くときは誘ってくれと言ったけどさあ」松浦さんはハンドルを握ったまま、おどけた声を出す。「当日にとは言ってねえぞ」

「ごめん、いつか埋め合わせするから。お願い」

今朝からもう何度もこの言葉を口にしていた。松浦さんの前で必死に何かを頼み込んだのはこれが初めてだ。だから、彼も何かただならぬものを感じたのだろう。東京から稲里市まで片道四時間の運転を、あっさり引き受けてくれた。

「仕事のほうは大丈夫？」

「事務所の若いのに押しつけて来たよ。まあ、なんとかなるさ……で、その子がこっちに来てるってのは、確かなのか？」

「わからないの。でも、他に考えられないから」

カナちゃんにも、昇にも、幾度となく電話をかけ続けている。それなのに、どちらも電話に出ない。カナちゃんはともかく、昇が出ないのはおかしい。ひょっとしたら彼も何かを知っているんじゃないか。そんな邪推までしてしまう。

「あれは『釣り』だったって言ってたじゃないか」

「それが、実はそうじゃないんじゃないか、っていう話が出てきて……どっちにしても、あの場所に行ったからっておかしなことが起きるわけないいんだけど……でもカナちゃんは、それじゃ納得できなかったのかもしれない」

車に当たった雨粒は、フロントガラスの外側へ向かって広がり、吹き飛ばされていく。

人間は、自分にとって怖いものと出会ったとき、怪談を作る。その対象は虫や魚だったり、犯罪者だったり、知らない宗教だったり、外国人だったりする。ほとんどの人間にとって、もっとも怖いのは死ぬことだ。だから、怪談の最初と最後は、よく人が死ぬ。

でもカナちゃんにとって一番怖いのは、自分が死ぬことじゃなかった。あの子はきっと自分だけが生き続けることのほうを怖がっている。それはわたしもそうだったからよくわかる。罪悪感を持つ人間は、それがいつ暴かれるかと怯えている。

「松浦さんってさ、罪の意識とか、感じたことある?」

「なんだよ、急に。おれが何かしたか?」

「別にそういうわけじゃないけど、経験として」

「そりゃ、人間ならだれだって悪いと思うことのひとつやふたつやってるだろ。わざわざ言わないだけで」

「じゃあ、罪悪感があっても、そのままにしておく？」

そう尋ねると、松浦さんは謎かけを楽しむように笑って、それから答えた。

「程度によるな。やっちまったものは取り消せないし、やっちまったと思いながら生きてくしかないよなあ」

車は長野県内を南下しながら、稲里市へ近づいていく。その間も、カナちゃんや昇から連絡が来ていないかと思い、何度もスマートフォンの画面を見た。しかし電話もメールもない。すでに時刻は二時を回っている。目的の場所に着いたとしても、日没まではいくらもないだろう。

とはいえ、カナちゃんもこの雨では、現地まで行けていないかもしれない。稲里市内のどこかで雨宿りしながら休んでいる、ということもありうる。それならひとまず安心なのだが。

わたしはいつの間にか、あの場所に危険な何かがあることを前提として行動していることに気づく。本当ならば、危ないことなど何も起きないと高をくくって、帰りを待てばいいのに。でも、わたしはあの子を追いかけずにはいられない。もしカナちゃんが同じ立場だったら、きっとわたしのところへ来てくれるはずだから。

「もう三時間も乗ってるのか」

「そうだね、急がないと……」

「じゃなくて、おまえ、車はもう平気になったのか？」

「え？」

言われてみれば、緊張して気分が悪くなることも、息苦しく感じることもない。なんとなく避けていた助手席に自分が座っていることも、今になって気づいた。

「そういえば……」

「おっと、やぶ蛇か」

「ううん、いいの」わたしは笑った。「きっと、最初からなんでもなかったんだよ」

結局、稲里インターチェンジまではそこからさらに二時間かかった。市街地に入る頃には、もう暗くなり始めていた。ここから先は当てがない。カナちゃんのいそうな場所といえば、例の場所しか思いつかない。かといって、今から行けば確実に日が沈む。雨の中、そんな場所を捜し回るなんて松浦さんが許してくれない。

そのとき、わたしのスマートフォンに着信があった。ディスプレイには昇の名前が表示されている。わたしはすぐに通話ボタンを押した。

「ちょっと、なんで出てくれなかったの？」

「すみません。携帯を車の中に置きっぱなしにしてて」

わたしは今までのことをかいつまんで説明した。昨日からカナちゃんの姿が見えず、連絡も取れないこと。状況から見て、こっちに来ていそうなこと。そこでわたしも松浦さんと追いかけてきたこと。

すると、昇からは意外な答えが返ってきた。

「カナさんなら、昨夜、こっちに来ましたよ」

「えっ」

「てっきり丹野さんとは話がついているものだと」

とにかく合流したいから来て、とだけ言って、わたしは電話を切った。やはりカナちゃんはここへ来ていた。釈然としない部分はあるが、とりあえず安心した。

待ち合わせ場所に指定したファミリーレストランは、あの日、みんなで掲示板のログを読んだのと同じ店だった。昇は時間通りにやってきた。しかし、カナちゃんの姿はなかった。

「カナちゃんは?」わたしは彼が席に着く前に尋ねていた。「一緒じゃないの?」

「違いますよ。昨夜はぼくが駅まで迎えに行ったんですが、泊まったのは別の場所でしたから」

そうなると現在の居場所は昇も知らないということだ。

「入れ違いで、もう東京へ戻ってたりしてな」

松浦さんはわざと明るい調子で言ったけれど、わたしにはそうは思えなかった。カナちゃんなら、何があっても目的を果たすまで帰らないだろう。

「やっぱり、もう一度、あの場所に行ってみる」

「今からですか？」

昇は顔をしかめた。松浦さんも、正気か、という表情でわたしを見る。

「ねえ、お願い。車の中から見るだけだから。それで、カナちゃんがいそうになければ、他の場所を捜す」

「……他に当てはないのか？」

松浦さんは、わたしにではなく昇に向かって尋ねた。彼はしばらく悩んでいたようだったが、やがて決心したようにうなずいた。

「こうしましょう。ぼくの車に丹野さんを乗せて、ひとっ走り現場まで行きます」

「おい」

松浦さんは文句を言いかけたが、その前に昇が釘《くぎ》を刺した。

「本当に見るだけですよ」

昇の言葉に、わたしは同意した。絶対に危ないことはしない、と松浦さんの前で誓う。

「カナさんが前の日に泊まったホテルはわかってます。松浦さんはそちらを見てきてもらえませんか？」昇はメモ用紙にホテルの名前を書いて渡した。「もしかしたらもう戻ってるかもしれません」

それから、わたしたちは店を出た。わたしは昇の車の助手席に乗り込み、松浦さんは自分の車に戻る。駐車場を出ると、二台の車はそれぞれ反対方向へ走り出した。

昇の車は街を離れ、農地に囲まれた細い道へと入り、徐々に山のほうへ近づいていく。以前も通った道のはずだが、昼と夜とでは印象がまったく違った。人家はまばらで、街灯すらない。ヘッドライトの外側は完全な闇だった。

窓の外に目をやっていると、昇が言った。

「もうすぐ脇川を渡ります。道に注意してください。カナさんがいるかも」

彼の言った通り、車は橋を通過した。けれど、その下の脇川は、いつか見たようなせせらぎではなかった。増水し、濁った水が勢いよく流れている。

こんなことなら、もっと装備を持ってくるべきだったかもしれない。あちこち歩き回ることも考えて、動きやすい服装にしてきたつもりだったけど、下はただのジーンズ、上は薄手のパーカーだ。夜、山に入る格好ではなかった。

カナちゃんのほうは明かりくらい持ってきただろうか。雨具は、防寒着は。そこまで考えたところで、わたしは気づいた。この雨の中、カナちゃんが歩いて行ったはずはない。行きはタクシーか何かに乗ったとしても、帰りはどうするつもりだったのか。

車はまっすぐあの山に向かっていた。闇の中で、ずっしりとした存在感がこちらを見下ろしている。

「もうすぐですよ。あのあたりが時任ビレッジです」

「ねえ」わたしは言った。「カナちゃんを連れて行ったの、きみじゃないの？」

昇は表情を変えなかった。

「まさか。どうしてです？」

「昨日、電話をくれたとき、わざわざスピーカーにさせたよね。カナちゃんにも聞かせたいから、って。本当は何か知ってるんじゃないの？」

昇は答えず、代わりにブレーキを踏んだ。そのままハンドルを切り、道路の端に停車する。

「いいですか、これはぼくの問題なんです」

「問題って？」

昇はそのまま車を出て行ってしまう。わたしも慌てて車から降りた。目の前が時任ビレッジだ。雨と暗闇でほとんど視界がなかったが、以前に来たときの様子を覚えていた。たしか、少し離れた場所に物置のような小屋があったはず。

そのとき、だれかがわたしの顔に、懐中電灯の光を向けてきた。昇だった。見ると、いつの間にか彼はレインコートを着込んでいる。

「こっちに来てください」

「ちょっと待って、傘が」

「いいから」

彼はわたしの手首を摑《つか》み、引っ張る。様子がおかしいと気づいたわたしは、その手から逃れようともがいた。けれど、昇の力は思っていたよりずっと強かった。腕を締め上げられ、わたしは痛みに思わずうめき声を上げた。

「おとなしくしないと、殺しますよ」

昇は間違いなくそう言った。その声は落ち着いていて、いつもの彼と少しも変わっていなかった。

*

わたしが連れ込まれたのは、時任ビレッジの中に建っているトタン屋根の小屋だった。案の定、中は物置になっているらしく、古い農具やビニールシートなどが無造作に転がされている。昇はわたしを小屋の隅に座らせた。それから結束バンドのようなものを取り出し、わたしの両手を後ろで縛った。

「終わるまで、ここにいてください」

「何が終わるまで?」

「あの子が死ぬか、見届けるまでです」

あの子、と彼は呼んだ。文脈から言って、ひとりしか考えられない。

「どうしてカナちゃんを」

「丹野さんはもう知ってるんじゃないですか。昔、彼女が何をしたのか」

「カナちゃんの過去のことを言ってるの?」

そう言われて思い浮かぶのは、カナちゃんが昔、でっちあげのおまじないを友達に吹き込んだこと。そのせいなのか、偶然なのか、大勢が命を落としたこと。それはわたしが、こっくりさんの怪談として、持ちネタにしていた話。そしてその話をわたしに教えたのは。

「こっくりさんの怪談、わたしに教えてくれたのはきみだったよね。妹から聞いた、って言ってた」

「ええ、季里子のことです」

季里子。カナちゃんの友達だった子。彼女は昇の妹だった?

「ずっと病院に入ってますけどね。記憶や意識がばらばらになっているようで、よくあの子の名前を呼んでいます、百香のせいだ、百香を許さない、って」

百香。カナちゃんの本名だという名前。

「季里子をあんなふうにしたのは、クラスメイトの柚原百香だと、本人から聞きました。だから、ぼくは彼女を捜した。どうやら上京して、キャバクラで働いているらしいということを、噂で聞きました。それで、怪談ライブの打ち上げの二次会をやるとき、吉澤たちを連れて行ってみたんです」

わたしは思い出したくもない夜のことを思い出す。あの日、たしかにバーで吉澤がそんな話をしていた。

「それじゃ、カナちゃんはあなたのことを……」

「いえ、吉澤のことは覚えていたようですが、最初に来た時、一緒にいた客までは覚えていなかったようですね。それから、丹野さんがあの子と付き合うようになったのは、完全に偶然でした。驚きましたよ。けど、おかげでいい機会ができました」

「機会？」

「そうです。あの子が呪いや祟《たた》りの実験台になっていることは、あなたに聞いて、知っていました。だから、ぼくはその手の話を見つけるたび、あなたに教えてやるだけでよかったんです。そうすれば、いずれ彼女がそれを試して、本物ならば死ぬ」

わたしは声が出なかった。わたしとカナちゃんは、自分たちの目的のために怪談を追っていると思っていた。でもそれは正しくなかった。本当はもうひとり、昇の意思も混じり合っていた。そういうことになる。

「ぼくは復讐《ふくしゅう》がしたかったんです。あなたと同じですよ。あの子が妹に吹き込んだ呪いのせいで、ぼくの家族はめちゃくちゃになった」

「違う。あれは呪いなんかじゃない」わたしは叫びたいのをこらえて、冷静に伝えた。「あのおまじないは、カナちゃんがでっちあげたものなの。こっくりさんの儀式なんかじゃない。だから……」

「わかってますよ、それくらいは。ぼくだって季里子のために必死で調べましたから。あんなものはどこにも存在しない。作られたものなんです」

「だったら、どうして」

「ねえ、丹野さん」

彼は膝《ひざ》をついて、わたしの目を見た。それは、わたしの知っている彼と変わりない、おだやかな仕草だった。

「丹野さんは、この川の上流に何があると思いますか?」

「何もないよ。みんなで確かめたじゃない。ここは何もない、ただの川だった」

「いいえ。丹野さんが東京に戻ったあとも、ぼくはこの怪談について調べました。狗竜川の怪談は、ごく一部にすぎない。もっとたくさんの糸がここへつながっているんです」

彼はポケットから何かを取り出した。スマートフォンだ。画面が光り、暗い小屋の中で、彼の姿を浮かび上がらせる。淡い光のせいでよく見えないが、表情は笑っているように見えた。やがて、彼は画面をこちらに向けてきた。

個人が運営するニュースサイトのようだ。正体不明の呪われた場所、という文言が赤字で強調されている。その下の画像には小さな滝が写っていた。その風景に見覚えがあった。

「これって」

「ぼくひとりでは調べられないと思って、情報提供を求めました。そこまで拡散させたつもりはないんですが、なぜか話が集まってくるんです。ぼくたちがそうだったように」

そう言って昇は、ネット上で作られつつあるという怪談をひとつずつ読み上げていった。

ある話では、この場所は縄文時代から続く祭祀場《さいし》だということになっている。山奥に現れるという柱は邪神崇拝の痕跡《こんせき》であり、日本各地に伝わる神話がそのことを示している、とか。

また別の話では、ここにその昔、黒魔術を操る一族の屋敷が建っていた。あるとき、屋敷は焼け落ち、一族は散り散りとなったが、その末裔《まつえい》の存在は今もタブーとして恐れられている、とか。

さらに別の話では、この場所は旧日本軍の研究所だった。占領地から連行された捕虜たちが、ここで危険な薬物の実験台となり、命を落とした。その怨念《おんねん》がここには渦巻いているのだ、とか。

わたしはうんざりして首を振った。

「どれもでたらめ」

「ぼくは、そうは思いません。ぼくたちが作り出した狗竜川の怪談と、これらの怪談と、いったいどこが違うんですか。何も違いませんよ。そして、これはそういう怪談なんです」

昇はそう言って、もう一度わたしに画面を見せた。ページをスクロールすると現れる年表、写真、もっともらしい引用や体験談。

これはわたしたちが作ろうとしていたものだ。狗竜川にまつわる怪談を追いかけながら、わたしたちはいつの間にか、何もないところに物語を作り出そうとしていた。年月をかけて下流へと広がっていく呪いの物語。

「ここにいる何かは、ぼくたちにこういうことをさせたがっているんです。それがどこから来たのか、何者なのか、ぼくたちに決めさせたがっている」

昇がわたしから視線を外した。おそらく、カナちゃんがいる方角を見ているのだろう。あの門の向こう、川をさかのぼり、山に分け入ったあの場所。わたしは姿勢を少しだけ変えた。

「あの子が……柚原百香がぼくの妹にしたのだって、同じことじゃないかと思うんです。ふとしたことで、何もない場所に呪いを作り出す。そういうことが、もし現実に存在するなら……それを確かめられる場所は、ここしかない」

なるほど、とわたしは思った。いつだったか、昇は言っていた。ちょっとした実験、それを確かめるチャンスが来ればいい、と。

昇はずっと探していたのだ。妹を壊した呪いの正体を。もし、ここでカナちゃんが死んだら、それは何もない場所に怪談が作り出されたということになる。だとしたら季里子も同じように、カナちゃんの作り出した呪いによって壊されたのだと、そう信じることができる。

そこまで確かめてようやく彼は、本当の意味で柚原百香を憎むことができる。

彼はスマートフォンに目を落として、満足そうに、てのひらから生まれてくる怪談をスクロールしていった。

「本当にそんなことが可能なら……そう、ただ信じるだけでいいんです。あの滝には白いぶよぶよした何かがいて、近づくものを、ころ——」

今だ。手首に力をこめて、なかば切れかかっていた結束バンドをちぎった。

昇がはっと顔を上げる。わたしは、たまたま手に触れた重い物体を、その顔めがけて振り下ろした。それはどうやらテント用のペグを束にしたもので、威力はたいしたことなかったが、不意をついて転ばせることができた。

スマートフォンが彼の手を離れて転がっていく。わたしはすかさずそれを拾い上げると、昇を突き飛ばすようにして小屋から駆け出した。雨も、暗闇もかまわず、少し離れた草むらに転がり込む。

縛られていた両手をさすりながら、小屋のほうを見た。わたしが座らされた場所のすぐ後ろに、農具を納めた木箱があったのを、昇は見落としていたようだ。草刈り鎌らしきものを探り当て、結束バンドを切断するのにいくらもかからなかった。

遅れて小屋から出てきた昇は、懐中電灯の光をあちらこちらへ向けた。わたしは姿勢を低くしてやり過ごす。地面の泥がデニムに染み込んでくるのもわかったが、それどころじゃない。やがて昇は何かに気づいたように、駐車してある車のほうへと走った。わたしはその様子を見届けてから、体を起こした。

幸運にも、スマートフォンはまだロックされていなかった。わたしは電話の発信履歴を調べた。昨日あたりから、カナちゃんと何度も通話している。いつの間に番号を交換したのか知らないが、おそらくわたしの目を盗んでカナちゃんを誘ったのだろう。呪いは実在する。そう彼女に吹き込んで。

わたしは記憶の底から松浦さんの携帯電話の番号を引っ張り出し、かじかむ指の震えを抑えながら慎重に入力した。

「松浦さん、わたし、三咲」

「三咲？」あちらのディスプレイには別の番号が表示されていることだろう。「どうした、何かあったのか？」

「説明している暇はないの。昇に襲われた。カナちゃんが危険かも」

「何？」

エンジン音が聞こえた。昇が車を移動させようとしている。

「昇がカナちゃんを連れて行ったの。やっぱり、例の場所にいるみたい」

「おまえたちが行ったっていう、川の……」

「そう。すぐ来て。急がないと、カナちゃんが殺される」

松浦さんはまだ何かしゃべっていたが、わたしは構わず電話を切った。昇の車は、稲里の方角ではなく、カナちゃんがいるとおぼしき山の方角へと走っていく。わたしはその後を追いかけた。体は雨でぐっしょりと濡《ぬ》れ、顔に髪の毛がまとわりついてくる。それでも足を止めるわけにはいかなかった。

人が死ぬ怪談を見つけるためのカナリア。だから、カナちゃん。けど、わたしは本当にカナちゃんを使って怪談を見つけようとしていたのだろうか。カナちゃんと一緒に出かけたたくさんの場所、ふたりで試したたくさんの呪い。わたしはその中のひとつでも本当に起きると信じていただろうか。

わたしはただ、どこかに向かっていたかっただけなのかもしれない。ひとりだけ生き残ってしまったあと、人生が余りもののように思えた。復讐も、呪いも、本当はどうだっていい。何かをしていたかった。そして、同じ方向へ進んでくれる人がひとりでも必要だった。

道路が行き止まりになっている場所まで来たところで、あの門の前に昇の車が停まっているのが見えた。前に通ったときは、フェンスと斜面との間の隙間をくぐった。しかし、そこへ行くためには昇の車の前を横切らないといけない。それはリスクが高かった。

頬をぴしゃりと叩《たた》いて、わたしは脇川に飛び込んだ。

増水しているとはいえ、腰までの高さだ。両足を踏ん張り、両手で川の土手を掴む。そのままゆっくりと門の方向へ近づく。わたしは事故の夜を思い出していた。水の暗さも、冷たさも、あの夜と同じに思えた。指先すら見えないほどの暗がりで、濁った川に体を沈めるのは、想像するよりずっと恐ろしい。すぐに体温が奪われ、腰から下の感覚がなくなっていく。余計なことは考えず、足を進めることに意識を集中する。大丈夫、わたしはもう、ひとりぼっちにならない。

フェンスは川の上を通っているが、川の中にはない。身をかがめ、なるべく音を立てないようにしながら、昇の車があるあたりを通過し、門の内側へ入り込んだ。

門から十分に離れたのを確かめ、岸に上がる。水を吸った衣服の重みがのしかかり、気づけば全身の震えが止まらなくなっている。奥歯がまるで楽器みたいにカチカチと鳴る。ふらつく体を無理やり立たせて、先に進む。

その途端、何かがおかしい、と思った。以前と空気が違っている。

夜だからだろうか。前に来たときはあった里山ののどかさが、今は消え失《う》せている。ここが山とも思えない。まるでトンネルか工場の中にいるような、どんよりとした重苦しさが木々の間を覆っている。そして雨の匂いとも土の匂いとも違う、べっとりと甘ったるい香り。

体を冷やしすぎたせいか、まるで内側から熱を帯びているように感じられる。立っていられなくなり、這《は》うようにして斜面をよじ登る。この先にカナちゃんがいるのは間違いない。そうでなければ、昇がわざわざ車を回すはずがない。中へ入らないのは、たぶん、肥満の彼ひとりではフェンスを越えられないからだ。

雨の音に混じって、かすかな滝の音が聞こえてくる。もうすぐ沢の一番奥にたどり着く。

わたしは顔を上げ、道の向こうを覗き込んだ。何かが立っている。カナちゃんだ、と思った。けれど、近づいてよく見れば、それは違うものだった。

滝の下、流れ落ちた水の溜《た》まる小さな池の真ん中に、白い柱が一本、突き出している。闇の中でさえ白さがわかる。感覚が、それは異常なものだと告げている。

柱の先端には溝らしきものが刻まれていて、もしかすると顔なのかもしれない。いや、先端にあるから顔だと思ってしまうだけで、無意味な文様かもしれない。柱の左右にはいびつなこぶがあり、手足を切り落とされた人がもだえる姿に思えるが、これも柱を人だと思っているからそう見えるだけで、単なる木材の歪《ゆが》みかもしれない。

これが話にあった「ヒトガタの柱」か、と思った。この形状は確かにそうとしか言えない。ただの柱と呼ぶには異質すぎるし、木像と呼ぶには漠然としすぎている。ただ、人に近い何かだと言えるだけだ。

わたしは滝に向かってゆっくりと歩いた。池を回り込むようにしている間も、池の中央の柱から目をそらさなかった。見ていないときに何かが起こる。そんな予感がしてならなかった。

ふと、自分の足元に別の何かがあるのを見つけた。だれかの体だった。おなじみのジャンパー、雨と泥にまみれた長い髪。

「カナちゃん?」おそるおそる声をかけた。「カナちゃん!」

ぐったりした体を抱き起こす。肩を揺らしたとき、小さく息を吐いたのがわかった。まぶたが開き、こちらを見つめる。どうやら意識もありそうだ。

けれど、ずっと雨に打たれていたのだろう。カナちゃんの体は、わたしの肌と同じくらい冷え切っていた。わたしは彼女の華奢《きゃしゃ》な体をしっかりと抱え起こした。

「三咲、ごめん」カナちゃんの唇がかすかに動く。「わたし、こんなつもりじゃなかった」

「いいよ、しゃべらないで」

「もう一度だけ、この場所を見たかったの。何もないってわかれば、それでよかったのに」

彼女の言葉に相槌《あいづち》を打ちながら、必死で考えた。このまま山道を戻っても、門の前には昇がいる。かといって、こんなに疲れ切ったカナちゃんを連れて、また川に潜るのは無理だ。どこか雨の当たらない場所で、松浦さんが助けに来るのを待つべきだろうか。

「でも、あの柱……あれを見たら急に足が動かなくなって……」

カナちゃんは震える指で、池の中に立つ白い柱を示した。

「うん、あまり見ないほうがいいよ」

「あんなの、前に来たときはなかった……なかったよね。あれ……あれはなんなの?」

少しずつろれつが回らなくなってきたらしい。わたしはカナちゃんの肩を支えて、どうにか立ち上がらせた。木が密集して生えているあたりへ行けば、ここより雨を防げるだろう。一歩目を踏み出したとき、突然、カナちゃんが言った。

「聞こえる」

わたしは思わずあたりを見回した。だれもいない。耳をすましても雨の音と、川の流れる音しかしない。それなのにカナちゃんは悲鳴のような声で訴え続ける。

「聞こえるよ、呼んでる……ああ、ああっ……わたしの名前を呼んでる……」

そう言うと、カナちゃんはわたしの体を突き飛ばした。思わず尻《しり》もちをつく。顔を上げると、カナちゃんは池のほうへ向かってふらふらと歩いていくところだった。池の中心、あの柱に向かって。

待って、と叫ぼうとしたけれど、それはかすれた細いささやきにしかならなかった。

柱の上、夜の闇の中に、何か巨大なものがうごめいている。姿は見えない。暗さのせいでも、視力のせいでもない。その物体は文字通り不可視なのだ。でも、その物体は確かに降りしきる雨粒を跳ね上げている。

巨体をゆっくりとうねらせ、まるで空を泳ぐように、それは存在していた。風圧、気配、雨音の変化。見えないそれの動きが、わずかな断片として伝わってくる。魚だ、とわたしは思った。巨大な、目に見えない魚がいる。

彼女はおぼつかない足取りで、少しずつ、そいつに近づいている。

「聞こえるよう……百香、百香って……わたしの名前を呼んでる……みんなが……」

わたしはどうにかその場で起き上がろうとした。なのに力が入らない。手足の筋肉がすべて、まるで大笑いしたときみたいにぐったりとしている。

「ごめん……ごめんね、季里子……わたしも行く、行くから……ねえ、許してよ……」

わたしは地面に向かって思いきり叫んだ。自分では腹から大声を出したつもりだったのに、ただ息がもれただけだった。何度も同じことをした。拳《こぶし》で喉を叩き、心臓を叩いた。一言でいい、それさえ出せれば、ここで死んだっていい。

「わたしのせいなの……ずっと探してた……会いに行く方法……わたし、ようやく」

「はーっ、あーっ、あーっ、違う、違う、違う！」

自分のものとも思えないほど押しつぶされた声だが、たしかに出た。あと少し、あと少しだ。

「違う、ここにいてよ！」彼女を止めなくては。「ねえ、カナちゃん！」

最後の声はそれなりの大きさであたりに響いた。

カナちゃんがこちらを振り返る。その瞬間、空気が変わった。彼女の頭上にあった不可視の物体が、何か別の大きな動きを始めていた。その振動なのか、風なのか、とにかくそういうものが肌に感じられた。不意にわたしの手足に力が戻る。わたしはほとんど四つん這いのような姿勢でカナちゃんに駆け寄り、手を握った。

見えない魚が動く。わたしはカナちゃんの肩を抱いて、その場に伏せた。すぐ頭上を何かが通っていった感覚。

魚が去っていく。遠くで、人の叫び声に似た音が聞こえた。

わたしは体の下にあるカナちゃんの感触を確かめた。冷たかった肌に温度が戻ってきている。心臓の鼓動も、呼吸の音もはっきりと感じられる。彼女はここにいる。

生きている。

「三咲」

「何？」

「……寒い」

ふたりとも、ほとんど体中を水と泥に浸していた。指先の感覚がまるでない。体が怖いくらいに震えてくる。もう限界だった。

わたしとカナちゃんは、お互いの体を支え合うようにしながら、山を下りていった。その間に、雨は少し止みつつあった。やがて門が見えてくる。その向こうに、昇の車のヘッドライトが見える。

いっそ、昇に捕まってしまおうか、と思った。わたしたちの姿を見せて、ここに呪いはなかった、その証拠に、わたしたちはふたりとも無事だったと言えば、もうそれ以上、彼は何もしないだろう。そんなふうに考えて昇の姿を捜したが、門の近くに人影はない。車の中に入っているのかもしれない。

そのとき、麓《ふもと》の方角からパトカーのサイレンの音が聞こえてきた。サイレンは徐々にこちらへ近づいてくる。松浦さんだ、と思った。わたしはカナちゃんを木の陰で休ませ、合図を送ろうとフェンスに近寄る。

昇はいないし、車も動き出さない。警察がこの場所を目指していることに、彼なら気づくはずだ。あるいは逃げる気がないのだろうか。わたしは、ふと、道の上を見た。昇の車のヘッドライトが当たって、そのあたりだけ、濡れた地面が丸く切り取られたように光っている。その中に何かがあった。

それは昇の体のように見えた。彼の足が、砕石の上に投げ出されている。何かが変だ。わたしはじっと目を凝らした。靴はある。ズボンもある。でも、腰から上がなかった。

わたしは口を押さえたが、悲鳴は止まらなかった。

そこに倒れていたのは、下半身だけになった昇の死体だった。

ねえ、知ってる?
どこかにさ、釣り上げると死ぬ魚がいるんだって。
知ってるよ。それ、静岡だって聞いた。
違うよ、長野県だよ。狗竜川って川があるだろ。あそこ。
釣ると死ぬんじゃなくて、見たら死ぬんだよ。
声を聞くと死ぬんだよ。触ったら死ぬんだよ。
というか、魚じゃないってよ。
ある種のエネルギー体、あるいは妄念の集合体。あるいは、捨てられた古い神の死体。
下吉のキャンプ場で、それに食われた子供がいるんだってさ。
稲里の病院にもそれが出て、患者が首を吊《つ》ったって。
南アルプスの朝渡《あさと》岳で、八人が遭難したのもそれのせいなんだ。
いったい、何が起きてるっていうんだ?
川の上流にそれがある。そう、水に忌まわしいものが溶けている。
狗竜川に注ぐ脇川の水源に、見えない災いが横たわっている。

少しずつ広がりながら、形を変えながら、でも、それはずっと昔からそこにいるんだ。
そもそも、あの場所は――

それからはあまりにいろいろなことがあってよく覚えていない。気がつくとわたしは病院にいて、毛布にくるまったまま、点滴を受けていた。低体温症になりかけていたのだ、と後から聞かされた。すぐそばに松浦さんが立っていた。カナちゃんは、と話しかけると、隣のベッドを顎で示す。それで安心して眠った。

わたしとカナちゃんは、昇に脅迫され、あの山まで連れて行かれた、ということになっているようだ。彼の車からはスタンガンやロープなどが見つかったが、いずれも使われた形跡がなかった。警察に証言を求められたわたしは、小屋に監禁されたことと、自力で逃げ出してカナちゃんを見つけたことまでは話した。それから後に起きたことは何も言わなかった。たぶんカナちゃんも同じだろう。

警察の人から、それとなく聞いた話では、滝のそばに柱など見つからなかったそうだ。報道によると、昇の体は「あまり鋭くない、重量のある物体」で切断されていた。上半身の捜索もおこなわれたが、いまだに発見されていない。

昇の通夜も葬儀も家族だけでおこなわれたようで、わたしのところには連絡すらなく、参加することは叶《かな》わなかった。それでよかったのかもしれない。昇はそこにいないのだから、彼の本心を尋ねることはもうできない。どこまでカナちゃんを憎んでいたのか、本当に死なせるつもりだったのか、彼は、わたしを心から恋人だと思ってくれていたのか、そんなことはひとつも。

彼の妹だという季里子のことも、よくわからなかった。わたしやカナちゃんの記憶では、彼女の名字は河合であって、西賀じゃない。交際していたときから話には聞いていたけれど、実際に会ったことは一度もなかった彼の妹。昇の実家の番号に何度か電話してみたが、名乗った途端に切られてしまったから、真相はわからない。手紙を書いたが返事はまだない。

カナちゃんには、昇の妹のことは話さないでおいた。彼女が原因で、また人が死んだかもしれないなんてこと、伝えられるわけがない。それに、季里子が生きている、少なくともその可能性があると知ったら、彼女はどうにかして会いに行こうとするだろう。

たぶん、今はまだそのときじゃない。でもいつか必ず、そうすべき日が来ると信じている。

昇とわたしが別れるきっかけになったのは、四国旅行の帰りにした喧嘩《けんか》だった。その原因がなんだったのか、わたしはやっと思い出せた。どういう話の流れだったかはわからないが、わたしは彼にこう言ったのだ。おそらくは自嘲《じちょう》をこめて。

「いつまでも死んだ家族に囚《とら》われてるって、くだらないと思わない？」

わたしたちは現地の病院に三日ほど入院していた。その間、警察からは簡単な取り調べを受けただけで、あっさり東京の我が家へ戻ってくることができた。どうやら松浦さんがあれこれ手を回してくれたらしい。また恩ができてしまった、と思う。

帰ってきてから、わたしはずっと、あの夜のことについて考えていた。わたしたちは何を探していて、結局、何を見つけたのだろうか、と。

現実的に考えるなら、わたしが見た透明な魚は、ただの幻だったのだろう。現にカナちゃんは何も感じなかったと言っているし、逆に、カナちゃんが聞いたという声をわたしは一度も耳にしていない。そして、昇はあの場所で何かの事件か事故に巻き込まれ、体の半分を失った。魚とはなんの関係もなく。そう考えるのが当然だ。

ネットで調べると、昇が言っていた通り、あの場所はにわかに有名なスポットとなっていた。昇が異常な死体となって見つかったことも、もちろん広まっていた。ただ不思議なことに、あの夜、昇が言っていたような、あの場所に連なるたくさんの怪談といったものは、どこにも書かれていなかった。キーワードを頼りに検索すると多少は見つかるのだが、どれもリンク切れだったり、サイト自体が入れ替わっていたりする。その代わり、わたしたちが見つけた狗竜川の怪談は、いたるところで話題になっていた。わたしたち自身がまだどこにも発表していないにもかかわらず、だ。

それらはこんなふうに語られる。稲里市の山中、脇川の上流に、魚の姿の神、あるいはそれに近い何かが祀《まつ》られている。その存在は見たものに災いをもたらし、命を奪う。またその障りは川を下り、海にまで注いでいるという。狗竜川の流域で奇妙な事件が跡を絶たないのは、すべてこの存在によるものだ、と。

わたしは昇の言葉を思い出していた。

「ここにいる何かは、ぼくたちにこういうことをさせたがっているんです。それがどこから来たのか、何者なのか、ぼくたちに決めさせたがっている」

それが何者だったのか、わたしにはわからないが、空想することはできる。

かつて、あの場所には、ただ一本の柱があったのだろう。それにまつわる怪談は、少しずつ変化しながら広がり、人間が串刺しになった事件をも取り込んで、巨大な怪談へと成長しつつあった。ところが、ある人物が掲示板に書き込んだでっちあげの体験談のせいで、あの山にもともとあった怪談は、すべて作り話の烙印《らくいん》を押された。

もし、その怪談に感情があったら、きっと怒っただろう。苦労して育った自分自身を、見知らぬだれかのせいで、まるごと疑わしいものにされてしまったのだ。そうなったらどうするか。やり直すしかない。

そのときから、怪談は新しい変化を始めた。ちょうど、成長途中で横倒しになった植物が、新しく上になった方向へ伸びていくようなものだ。怪談は、もとの体に見合うような新しい形、新しいつながり、新しいコンテクストを求めた。汚れた殻を脱いで、ふたたび本物の怪談になるため。そしてそれには、協力者が必要だった。

「人間は、苦労して手に入れた情報ほど、本物だと思いたがるって言うじゃない」

少し前に、松浦さんとそんな話をしたのを思い出す。それからまた、カナちゃんと出かけた釣りのことも。

「撒き餌《まえ》だよ。これで魚をおびき寄せるの。海は広いから」

わたしたちが見つけていた狗竜川の怪談、あれらはすべて、一種の撒き餌だった。そう考えたとしたらどうだろう。あの山を起点にして、新しい怪談の種というか、菌糸みたいなものが、じわじわと広がり続けていたのだとしたら。

呪いの声、人形、川の中の異物。一見して、それらはありふれた事件の、かすかな共通点としか思われないもの。それをわたしたちのような人間が見つけて食べる。すると次の餌が見つかる。その次も、そのまた次も……やがて最後の場所にたどり着き、怪談は完成する。その役割を知らないうちに担わされていたとしたら。

つまり、わたしたちはまんまと「釣られた」のだとしたら。

あの夜、あの場所で、わたしとカナちゃんは怪談の最後の部分を作り上げた。でも少しだけ失敗した。あの怪談では、本来、名前を呼ばれた人間は死ぬ。ところがカナちゃんは死ななかった。ひょっとして、わたしが彼女を「百香」でなく「カナちゃん」と呼んだせいだろうか。ルールは定着しないまま、あの存在は去った。そして昇の体を食いちぎり、川を下って、最後には。

「三咲、まだ起きてる?」

気がつくと、隣で寝ていたはずのカナちゃんが目を覚まし、こちらを見つめていた。

「うん、眠れなくて」

カナちゃんがそう答えるのを聞いたわたしは、ベッドから起き上がった。

「実はわたしも」

「だったらおいで。ココアでも飲もうよ」

声をかけると、カナちゃんは素直にリビングまでついてきた。粉末のココアと牛乳を取り出し、キッチンで支度をしている間、カナちゃんはテレビをつけて、深夜番組をぼんやりと眺めていた。アイドルらしき女の子のはしゃぐ声が聞こえてくる。

不意にカナちゃんが言った。

「だから、わたしのせいなのかな」

わたしが答えないでいると、カナちゃんはこちらを振り返って、もう一度言う。

「わたしが、こっくりさんの呪いを作っちゃったのかな。わたしがあんなものを考えたから、そのせいで、みんなは」

カナちゃんが言い切らないうちに、そうじゃないよ、とわたしは言った。牛乳を温めていたコンロの火を止めて、リビングに戻り、カナちゃんの隣に腰を下ろす。

「何がそうじゃないの」

「うまく言えないんだけど……本当は、どっちでもないのかもしれない」

「どっちでもないって」

「偶然と呪いとの違いって、本当はない気がする。それとも、もしかしたら、そっちのほうが怖いのかもしれない。神様とか、幽霊とか、そういうものが運命を決めてるんじゃなくて、本当はなにもかも偶然で、理由や意味なんかひとつもなくて……」

あの日、暗い川の底で、わたしの両親は死に、わたしは死ななかった。生き残ったことに意味があるんだ、と励ましてくれた人もいた。わたしだって、そう信じていたかった。それならどんなによかっただろう。ふたりが死んだことにも、わたしが生き延びたことにも、みんな意味があって、だれかの筋書きであらかじめ決められていることだったのだとしたら。

幽霊が出てきて感情をぶちまけ、罪のある人間を祟り殺しておしまいになるならずっと簡単だ。でも人生は怪談じゃないから、ここにいないだれかの感情を想像して、自分で自分を呪っている。

「だから、みんな怪談を作るんだと思う。そのことが怖いから。自分は何か大きなつながりの中にいて、自分の不幸も、運の悪さも、どこかに原因があったんだって、そう信じられるように」

カナちゃんは何も言わずテレビを見つめた。画面の中では制服姿の少女たちがふざけあっている。その様子をしばらく見つめていたカナちゃんは、やがて、独り言のようにつぶやいた。

「わたしは、どっちが幸せなんだろう」

その質問の答えを、わたしは持っていなかった。よくできた物語の主人公を演じて生きるのも、無味乾燥な宇宙で振り回されながら生きるのも、それぞれ別の理由でカナちゃんらしくないように思えた。だから、わたしは正直に言った。

「カナちゃんは幸せにはなれないと思う」彼女はわたしの目をまっすぐ見つめる。「わたしと同じで。でも、そのほうが楽しいでしょう？」

そしてやっぱり人生は怪談じゃないから、悪いやつが祟られもせず生きていくことだってできる。

わたしの言葉を聞いたカナちゃんは、少し迷ってからうなずいた。カナちゃんは笑っていた。こんなふうに陰のない表情で笑うカナちゃんを見たのは、そういえば初めてかもしれないな、と思った。

深夜番組が終わり、ニュースと天気予報に切り替わった。わたしはココアの続きを作るために立ち上がった。ココアの粉を練って、その上から温かい牛乳を注ぐ。湯気とともにいい香りを立てているふたつのマグカップを持ってきたところで、ニュースの最後の部分が聞こえてきた。

「釜津湾では先月から、人の体の一部が見つかる事件が相次いでいるということです」

わたしたちが完成させた怪談の川を通って、あの魚は海にまで出て行ったのだろう。カナちゃんとわたしは顔を見合わせたけれど、もう、怪談の話はしなかった。

第41回横溝正史ミステリ&ホラー大賞選考経過

ミステリ&ホラー小説の新人賞、第41回横溝正史ミステリ&ホラー大賞（主催＝株式会社KADOKAWA）には応募総数五三〇作が集まり、第一次選考、第二次選考により、最終候補として左記の四作が選出された。

『デジタル的蝉式リセット』　秋津　朗
『神霊の出草』　山本純嗣
『虚魚』　新名　智
『色彩の瑠璃花』　廣野真寿巳

この四作による最終選考会を二〇二一年四月二十六日（月）に、選考委員、綾辻行人・有栖川有栖・黒川博行・辻村深月・道尾秀介（五十音順・敬称略）の五氏によりリモートで行い、厳正なる審査の結果、『虚魚』を大賞に決定した。また、『デジタル的蝉式リセット』が、一般から選ばれたモニター審査員により最も多く支持された作品に与えられる読者賞に選出された。

第41回横溝正史ミステリ&ホラー大賞　受賞の言葉

新名　智

　このたびは第四十一回横溝正史ミステリ&ホラー大賞にご選出いただきありがとうございます。選考委員の先生方、ならびに関係各位、推敲に協力してくれた菊池さん、根本くん、白樺香澄先生、その他、応援してくださった皆様に深くお礼を申し上げます。

　さて、本作品を執筆した二〇二〇年は、感染症予防のための外出自粛や緊急事態宣言という、これまでわたしたちの社会が経験したことのない、大きな変化が訪れた年となりました。わたし自身の生活も一変し、仕事はリモートワークに切り替わり、自宅は郊外に移りました。「社会生活の維持」というスローガンがさかんに叫ばれ、そのなかで文化、芸術というものの存在意義も改めて問われています。

　わたしが思うに、文化とは、港に立つ灯台のようなものではないでしょうか。それは危機の時代に行く手を照らすのみならず、やがて嵐が去ったあとには、ふたたびそれを目指して集まってくることのできる場所。本や小説、物語と呼ばれるものには、そのような力があると信じています。かつて日常であったように、自由にだれかと出会い、小説について語り合える日が、一日も早く訪れることを願ってやみません。

　最後に、敬愛する藤子・F・不二雄先生の『ドラえもん』からこの言葉を。

「うちにひきこもっていよう。外はさいなんだらけだ。」

第41回横溝正史ミステリ&ホラー大賞　選評

※作品からの引用は選考時のものです。

見事な作品　綾辻行人

大賞を受賞した新名智『虚魚』は見事な作品だと思う。原稿を読みおえた時点で、今回は『虚魚』で決まりだろうと確信し、そのとおりの結果となった。新名さん、おめでとうございます。

「わたしたちの関係は利害の一致によるものだ。つまり、わたしは『本当に人が死ぬ怪談』を探していて、一方のカナちゃんは呪いか祟りで死にたがっている。」——これは作品序盤からの引用だが、何とも秀逸な設定ではないか。ここからもう、一気に物語に引き込まれてしまう。

「怪談師」を職業とする「わたし」と同居人「カナちゃん」のコンビが、ある怪談の現地調査に向かう。「現代社会における怪談の生成、伝播、変化」の流れを遡る形で追いかけながら、その調査・追跡劇自体が大きな怪談＝長編ホラー小説になっている。「怪談に惹かれ、怪談を求める人間たちについての小説」とも読める。

巧みな文章。過不足のない描写。主人公を取り巻く人間関係の、べたべたしすぎない距離感も心地好い。ストーリーの組み立てにはミステリの手法も効果的に導入されている。一箇所を深掘りしすぎずに話を前進させるテンポの良さが美点である一方、要所要所で「怖さ」のフックも効いている。この手の物語で最もむずかしい着地の形も非常にきれいで、ラストの何ページかで僕は感動すら覚えた。——総じて、実に見事な作品である。

ちなみに、告白すると僕は「実話怪談」や「怪談師」なるものに対して醒めた目を向けがちな人間なのだが、今回『虚魚』を読んで、いくぶん認識を改めたくなってしまった。これもまた作品の力、と云うべきだろう。

廣野真寿巳『色彩の瑠璃花』。「コルクスクリューマン」なる都市伝説上の殺人鬼が実際に出現して次々に犯行を重ねていき……という、いかにもB級ホラー映画的な物語が楽しい。殺人鬼は超自然の怪物ではなく、常人には実行不可能と思えるような犯行にはトリックがある。種明かしをされて「なーんだ」と思う読者もいそうだが、僕は意外に好感を持った。連続殺人の被害者たちをつなぐミッシングリンクのアイディアにも膝を打った。——のだが、全体的に見られる描写力の不足や整理の悪さなど、難点が目立つのも事実である。選考会で否定的な声が多く上がったのも致し方ないだろう。

山本純嗣『神霊の出草』。昭和十年、日本の統治下にあった台湾を舞台とする物語。この時代、この土地ならではの本格ミステリをつい期待してしまったのだが、作者の狙いはそこにはなかったようである。アクションあり国際謀略ありの盛りだくさんな内容でありながらも、散漫で退屈な印象が否めない。資料の切り貼りを読まされているような部分が目立つのも気になった。

秋津朗『デジタル的蝉式リセット』については、残念ながら僕にはまるで面白さが分からなかった。ミステリとしても、ホラーとしても。「デジタル的」なIT技術の蘊蓄も盛り込みつつ「現代」を描こうとしているはずなのに、あちこちが妙に古臭く感じられて興が削がれたようなところもある。

この手があったか　有栖川有栖

この賞は、ある年はミステリが受賞し、またある年はホラー小説が受賞作となる、というのを繰り返すのだろうと思っていた。どちらかに偏らないことを望みつつ、選考委員としては毎回最も優れた作品を選ぶことに専念するつもりだったのだが——。

受賞が決まった『虚魚』について評するのは難しい。作品の根幹に触れた途端に、読者が味わうべき驚きが減じてしまうからだ。「なるほど、この手があったか」と感心させられた。

怪談をモチーフにしたミステリであり、ミステリとして読める怪談にもなっている、という表現ならギリギリOKか。両方の要素をほどよく盛ってみました、というものではない。横溝正史ミステリ&ホラー大賞という新人賞ができたから生まれた作品とも言える。キャラクターの造形や無駄のないすっきりとした構成もよく、本賞はとてもいい魚を釣り上げた。

作者の新名智さん、おめでとうございます。今後のご活躍に期待しています。どんどん書いてください。

『神霊の出草』は、日本の植民地だった台湾の山中を舞台に、連続首狩り事件を描いている。原住民セデック族の呪いに見せかけた日本人警察官への復讐を思わせる事件に、人類学者の主人公が巻き込まれていく。戦前の台湾版『八つ墓村』や『悪魔の手毬唄』をやるのか、と喜びながら読み進めたのだが、作者はいいトリックを嵌め込めなかった。とても惜しい。もとより本格ミステリに徹した作品ではなく、国際諜略小説・エスピオナージュ・冒険小説などの要素も盛られているのだが、そこには新味や驚きがない。最後に明かされる謀略＝動機が、とんでもなく華麗な虚構＝壮大な法螺であればよかったのだが、「そこに落としてしまうか……」とがっかりした。

『色彩の瑠璃花』は一種の特殊設定ミステリで、幽霊だけはカラーで見える音大生・瑠璃花が登場し、都市伝説から抜け出してきたかのような怪物コルクスクリューマンが跳梁する。神出鬼没の怪物（殺人鬼？）には邪悪な怪人二十面相という趣もあり、その正体もトリッキーだが、全体的に仕上がりが粗く、どうせなら大きくファンタジーに寄せた方がよかったのでは。

『デジタル的蝉式リセット』は、猟奇殺人を描く方便にミステリが使われているだけのようだ。しかも、場面の切り換えに工夫が窺えず、面白く読める構成にはなっていない。仕事の現場などは丁寧かつリアルに描かれていたが、どんでん返しの切れも弱く、サイコパスでしたね、人がいっぱい殺されましたね、残酷で異常でしたね、という読後感しか持てなかった。

プロットとディテール　黒川博行

『神霊の出草』と『色彩の瑠璃花』を△と考えて選考会にのぞんだ。はじめの投票集計点は『虚魚』が一位だったが、『神霊～』と『色彩～』とは大差がなく、候補四作について詳細な意見を交わした。

『デジタル的蝉式リセット』は小説の文章ではなかった。頻繁な視点の混乱のためキャラクターの整理ができておらず、登場人物の誰にも感情移入できない。いまは聞くことのない古い大阪弁のセリフが長々とつづき、それも説明のためのセリフだから歯切れがわるい。また、凄惨、残酷な殺人シーンを微に入り細をうがち書くことが横溝賞向きであろうと作者が勘違いしているのではないかと思われるフシもあった。製材所で三人が殺されたにもかかわらず、死体がない（埋められた）というだけで警察沙汰にならない。不動産会社で五人が失踪したのに、これまた警察が捜査をしないなど、リアリティーがない。サイコパスによる殺人は動機を深く掘りさげる必要がないため、これも作者には都合がよかったのでは、とわたしは思った。

『色彩の瑠璃花』は乱歩の〝怪人二十面相〟を彷彿とさせる作品だった。はじめに不可能趣味の花火を打ちあげておいて、それをひとつひとつ謎解きしていく流れはほほえましく、好感を持ったが、文章が幼い。独りよがりとも感じられる表現が目立った。そしてなにより、警察機構とその捜査（鑑識も含めて）に無理がある。いまどき書店に行けば警察関連のルポ本、ムック本が山とあるのだから、せめて四、五冊は読み、基本知識を得てからミステリーを書いて欲しい。しかしながら『色彩～』が受賞すれば売れるだろう、とわたしは思った。〝コルクスクリューマン〟という設定が奇妙で、なにより〝怪人二十面相〟なのだから。

『神霊の出草』もまた、小説の土壌となる文章がまずい。いたずらに大仰な表現、描写が多く、読みすすめるうちに眉を顰めてしまう。説明のための定型的なセリフも不自然だ。セデック人の性格、能力、風習、文化などに対する解説が冗長で展開が遅い。寄り道するのはいいが、その寄り道（エピソード）がおもしろくなければ、小説そのものがダレる。果たしてこれだけの枚数が必要だったのか。資料に依拠している記述が多く、創作としては弱いと思ったが、力作感はこの作品がいちばんだった。

『虚魚』は文章、セリフ、キャラクターにおいて申し分のない作品だった。話の流れは素直でさくさく読める。プロットに対して枚数もちょうどいい。がしかし、（読みやすいのも理由のひとつだろうが）わたしには起伏が乏しく、おもしろいと感じるシーンが少なかった。所詮はまた聞きであり、怪談が多く出てくるが、怪談師が主人公だから怪談が多く出てくるが、付随するエピソードはどれも怖くない。ストーリーそのものにも恐怖は感じなかった。それがいちばんの不満だったから、わたしはこの作品を推さなかったが、この作者はミステリーが書ける。（もう少し警察のシステムと実情を自分のものにすれば）プロの作家として十分にやっていけるだろう。

私たちの前に、放たれたもの　辻村深月

『虚魚』が抜群に面白かった。

怪談師を主人公とした怪談を巡る物語。「人が死ぬ怪談」を探し、人に試す、という設定は怪談好きなら一度は考える禁忌に基づいた設定であるはずなのに、それをこの厚みで描くという観点が非常に新しい。登場する怪談ひとつひとつのディティールも、いかにもありそうという既視感を踏まえつつも、どれもこの著者オリジナルの魅力が光る。かつ素晴らしいのは、それらの怪談をただ並べるだけではなく「語る」ことに、一貫して主眼を置いている点だ。

人は怪談をなぜ語るのか。怪談はよく「死者であってももう一度会いたい」という思いに支えられた文学であるとも言われる。私もそう思って怪談を扱う小説を書いてきた一人だが、この小説では、怪談を語る理由に新たな視点を描こうとしている。過去に両親を喪い、大きな喪失を経た主人公が望む「救い」の形が「死者との再会」を端から考慮に入れていない。あくまで怪談は人の不幸を扱う物語である、ということから逃げずに、正面から対峙する。その上で、途中、現実に晒された人の悪意と暴力の前に主人公が葛藤し立ち竦む展開に、著者の中にある「怪談を語る・追う」姿勢の誠実さと相当の覚悟を感じ、胸が熱くなった。クライマックスに「柱」を目撃する、どれだけ目を凝らしても見えない「文字通り不可視」であることを示す描写にも、「怪異」の本質を的確に文章化された思いがして鳥肌が立った。ラスト、語ることで形を変えていく怪異が川から海へ放たれていくのと一緒に、私たちの前にも、怪談と怪異を巡る新たな小説の形が一緒に解き放たれた、と感じた。文句なしの大賞。ご受賞、おめでとうございます。

『神霊の出草』。昭和十年、日本統治下の台湾を舞台に、よく調べられた上で書かれた作品だと感じ、展開としても小説のセオリーをよく踏まえた描き方をしていると感じた。しかし、歴史的背景を備えた小説を現代の私たちが読む場合、どうしてもラストには私たちが生きる今につながる何らかの余韻を期待してしまう。今この小説が書かれる・読まれる意味を、作中に強く見出すことができなかったのが残念だ。

『色彩の瑠璃花』。キャラクターの造形、クライマックスに向けての場面構成、謎の見せ方など、読者の興味を惹くための道具立てや、エンターテインメント小説としての盛り上げ方を強く意識している点がとてもよかった。ただ、シーナのキャラクターなどはもっと魅力的な役割が与えられたのではないかと思ってしまい、「明晰夢」の岸辺なども、存在感があるからこそ、より際立たせる構成が他にあったのではないか、との思いが拭えなかった。

『デジタル的蝉式リセット』。文章の中の視点の混在がひどく、読みながらかなり戸惑った。殺人の場面やサイコパス視点の描写には著者の熱量を感じるものの、対して、日常場面になると、途端に会話や登場人物の造形が安っぽくなってし

まう印象。ただ、ラスト、犯行や〝リセット〟の基準についての説明を改めてすることなく、読者に完全に委ねている点は好感を持った。

糸と布　道尾秀介

中島みゆきさんじゃないけれど縦糸と横糸というのはどちらも大事で、これらが上手く組み合わさっていないと布は完成しない。縦の糸はストーリーライン。横の糸は登場人物や出来事。作品によって織り方は異なり、まず縦糸をしっかりと張ってから横糸を織り込んでいく場合もあれば、その逆もある。いずれにしても言えるのは、縦糸と横糸が綺麗に組み合わさっていなければ布として機能しないということだ。

『デジタル的蝉式リセット』は縦糸も横糸もぶつ切りになっている印象だった。読者は最後まで何を読まされているのかわからず疲弊してしまうし、登場人物も出来事も断片的で、布というよりも、散り散りになった糸を差し出された感がある。ただし糸そのものはわりとしっかりしているので、刊行されるまでに、じっくりと時間をかけて織り込んでいただければと思う。

『神霊の出草』は、厖大な量の取材によるものか、あるいは作者がもともと詳しい分野だったのか、横糸の状態は悪くない。しかし縦糸があまりに脆弱で、ちょっと縦の力が加わればたちまち布が破れてしまう。この作品は、まず強固な縦糸を張り、それを手持ちの横糸で補強していくという織り方をすれば、あるいは良作になっていたかもしれない。

『色彩の瑠璃花』は、一見すると綺麗な布に思える。しかし顔を近づけてみると、縦糸も横糸も、思いつきで選んだかのように色々な種類のものがまざっている。これではやはり上質な布とは言えないので、織りはじめる前に、きちんと糸選びをすべきだったのではないか。もちろん、敢えて様々な種類の糸を織り込んでいくという手法もあるが、これはベテラン職人でも難しいことなので、最初は避けたほうがいい。

『虚魚』に関しては、遠目で見ても間近で見ても、珍しいくらい上質な布だった。糸選びのセンスもいいし、縦糸と横糸が互いに補強し合い、布というものはどうやってできているのかを説明するサンプルにも使えそうだ。ちょっと意地悪な気持ちで、縦、横、斜めに引っ張ってみたけれど、どこにも破れ目が生じない。サイズも手頃だし、手触りもいい。布にふれていたときの感覚が、長いこと両手に残ってくれる。

デビュー後、キャリアを積んでいく中で、作者はこの上質な布をさらに織り広げていくかもしれないし、まったく新しい糸や織り方を発見するかもしれない。あるいはカラフルなパッチワークの一部に、よく見ればこの布が使われているというようなことがあっても面白い。

ただ一点だけ残念に思ったことも。現状だと、布が折り畳まれていない状態で、無造作に置かれているという印象があるのだ。これはもしかしたら、せっかく主人公が怪談師なのに、怪談を語るシーンが一度も出てこないからかもしれない。そんなシーンをほんの少しでも入れてみたら、きちんと折り畳まれた、商品棚が似合う布になってくれるのではないだろうか。

歴代受賞作一覧

横溝正史ミステリ&ホラー大賞

第39回 2019年
- 大賞 受賞作なし
- 優秀賞 北見崇史『出航』
- 読者賞 滝川さり『お孵り』

第40回 2020年
- 大賞 原 浩『火喰鳥を、喰う』
- 読者賞 阿泉来堂『ナキメサマ』

第41回 2021年
- 大賞 新名 智『虚魚』
- 読者賞 秋津 朗『デジタル的蝉式リセット』

横溝正史ミステリ大賞

第1回 1981年
- 大賞 斎藤 澪『この子の七つのお祝いに』

第2回 1982年
- 大賞 阿久 悠『殺人狂時代ユリエ』
- 佳作 芳岡道太『メービウスの帯』

第3回 1983年
- 大賞 平 龍生『脱獄情死行』
- 佳作 速水拓三『篝り火の陰に』

第4回 1984年
- 受賞作なし

第5回 1985年
- 大賞 石井竜生／井原まなみ『見返り美人を消せ』
- 佳作 中川英一『四十年目の復讐』
- 佳作 森 雅裕『画狂人ラプソディ』

第6回 1986年
- 受賞作なし

第7回 1987年
- 大賞 服部まゆみ『時のアラベスク』
- 佳作 浦山 翔『鉄条網を越えてきた女』

第8回 1988年
- 受賞作なし

第9回 1989年
- 大賞 阿部 智『消された航跡』
- 佳作 姉小路 祐『真実の合奏』

第10回 1990年
- 大賞 受賞作なし
- 優秀作 水城嶺子『世紀末ロンドン・ラプソディ』

第11回 1991年
- 大賞 姉小路 祐『動く不動産』

第12回 1992年
- 大賞 羽場博行『レプリカ』
- 大賞 松木 麗『恋文』
- 特別賞 亜木冬彦『殺人の駒音』

第13回 1993年
- 大賞 受賞作なし
- 優秀作 打海文三『灰姫 鏡の国のスパイ』
- 優秀作 小野博通『キメラ暗殺計画』

第14回 1994年
- 大賞 五十嵐 均『ヴィオロンのため息の―高原のDデイ―』
- 佳作 霞 流一『おなじ墓のムジナ』

第15回 1995年
- 大賞 柴田よしき『RIKO―女神《ヴィーナス》の永遠―』
- 佳作 藤村耕造『盟約の砦』

第16回 1996年
- 大賞 受賞作なし
- 優秀作 山本甲士『ノーペイン ノーゲイン』
- 佳作 西浦一輝『夏色の軌跡』

第17回 1997年
- 大賞 受賞作なし
- 佳作 建倉圭介『クラッカー』

第18回 1998年
- 大賞 山田宗樹『直線の死角』
- 佳作 尾崎諒馬『思案せり我が暗号』
- 奨励賞 三王子京輔『稜線にキスゲは咲いたか』

第19回 1999年
- 大賞 井上尚登『T.R.Y.』
- 佳作 樋口京輔『フラッシュ・オーバー』
- 奨励賞 小笠原あむ『ヴィクティム』

第20回 2000年
- 大賞 小笠原 慧『DZ ディーズィー』
- 大賞 小川勝己『葬列』

第21回　2001年
大賞　川崎草志『長い腕』
優秀賞　鳥飼否宇『中空』

第22回　2002年
大賞　初野 晴『水の時計』
テレビ東京賞　滝本陽一郎『逃げ口上』

第23回　2003年
受賞作なし

第24回　2004年
大賞　村崎 友『風の歌、星の口笛』
優秀賞／テレビ東京賞　射逆裕二『みんな誰かを殺したい』

第25回　2005年
大賞／テレビ東京賞　伊岡 瞬『いつか、虹の向こうへ』

第26回　2006年
大賞　桂木 希『ユグドラジルの覇者』
テレビ東京賞　大石直紀『オブリビオン～忘却』

第27回　2007年
大賞　大村友貴美『首挽村《くびきむら》の殺人』
大賞　桂 美人『ロスト・チャイルド』
テレビ東京賞　松下麻理緒『誤算』

第28回　2008年
大賞　受賞作なし
テレビ東京賞　望月 武『テネシー・ワルツ』

第29回　2009年
大賞／テレビ東京賞　大門剛明『雪冤《せつえん》』
優秀賞　白石かおる『僕と『彼女』の首なし死体』

第30回　2010年
大賞　伊与原 新『お台場アイランドベイビー』
テレビ東京賞　佐倉淳一『ボクら星屑のダンス』
優秀賞　蓮見恭子『女騎手』

第31回　2011年
大賞　長沢 樹『消失グラデーション』

第32回　2012年
大賞　河合莞爾『デッドマン』
大賞　菅原和也『さあ、地獄へ堕ちよう』

第33回　2013年
大賞　伊兼源太郎『見えざる網』

第34回　2014年
大賞　藤崎 翔『神様の裏の顔』

第35回　2015年
受賞作なし

第36回　2016年
大賞　逸木 裕『虹を待つ彼女』

第37回　2017年
大賞　受賞作なし
優秀賞　染井為人『悪い夏』
奨励賞　長谷川 也『声も出せずに死んだんだ』

第38回　2018年
大賞　受賞作なし
優秀賞　犬塚理人『人間狩り』

日本ホラー小説大賞

第1回　1994年
大賞　受賞作なし
佳作　坂東眞砂子『蟲《むし》』
佳作　カシュウ・タツミ『混成種―HYBRID―』
佳作　芹澤 準『郵便屋』

第2回　1995年
大賞　瀬名秀明『パラサイト・イヴ』
長編賞　受賞作なし
短編賞　小林泰三『玩具修理者』

第3回　1996年
大賞　受賞作なし
長編賞　受賞作なし
佳作　貴志祐介『十三番目の人格《ペルソナ》―ISOLA―』
短編賞　受賞作なし
佳作　櫻沢 順『ブルキナ・ファソの夜』

第4回　1997年
大賞　貴志祐介『黒い家』
長編賞　中井拓志『レフトハンド』
短編賞　沙藤一樹『D―ブリッジ・テープ』

第5回　1998年
受賞作なし

第6回　1999年
大賞　岩井志麻子『ぼっけえ、きょうてえ』
長編賞　受賞作なし
佳作　牧野 修『スイート・リトル・ベイビー』
短編賞　受賞作なし

佳作 瀬川ことび『お葬式』

第7回 2000年
受賞作なし

第8回 2001年
大賞 伊島りすと『ジュリエット』
長編賞 桐生祐狩『夏の滴』
短編賞 吉永達彦『古川』

第9回 2002年
受賞作なし

第10回 2003年
大賞 遠藤 徹『姉飼』
長編賞 保科昌彦『相続人』
短編賞 朱川湊人『白い部屋で月の歌を』

第11回 2004年
大賞 受賞作なし
長編賞 受賞作なし
佳作 早瀬 乱『レテの支流』
短編賞 森山 東『お見世出し』
佳作 福島サトル『とくさ』

第12回 2005年
大賞 恒川光太郎『夜市』
長編賞 大山尚利『チューイングボーン』
短編賞 あせごのまん『余は如何にして服部ヒロシとなりしか』

第13回 2006年
大賞 受賞作なし
長編賞 矢部 嵩『紗央里ちゃんの家』
短編賞 吉岡 暁『サンマイ崩れ』

第14回 2007年
大賞 受賞作なし
長編賞 受賞作なし
短編賞 曽根圭介『鼻』

第15回 2008年
大賞 真藤順丈『庵堂三兄弟の聖職』
長編賞 飴村 行『粘膜人間』
短編賞 田辺青蛙『生き屏風』
短編賞 雀野日名子『トンコ』

第16回 2009年
大賞 宮ノ川 顕『化身』
長編賞 三田村志郎『嘘神』
短編賞 朱雀門 出『今昔奇怪録』

第17回 2010年
大賞 一路晃司『お初の繭』
長編賞 法条 遥『バイロケーション』
短編賞 伴名 練『少女禁区』

第18回 2011年
大賞 受賞作なし
長編賞 堀井拓馬『なまづま』
短編賞 国広正人『穴らしきものに入る』

第19回 2012年
大賞 小杉英了『先導者』
読者賞 櫛木理宇『ホーンテッド・キャンパス』

第20回 2013年
大賞 受賞作なし
優秀賞 倉狩 聡『かにみそ』
読者賞 佐島 佑『ウラミズ』

第21回 2014年
大賞 雪富千晶紀『死呪の島』
佳作 岩城裕明『牛家』
読者賞 内藤 了『ON 猟奇犯罪捜査班・藤堂比奈子』

第22回 2015年
大賞 澤村伊智『ぼぎわんが、来る』
優秀賞 名梁和泉『二階の王』
読者賞 織守きょうや『記憶屋』

第23回 2016年
大賞 受賞作なし
優秀賞 坊木椎哉『きみといたい、朽ち果てるまで ～絶望の街イタギリにて』
読者賞 最東対地『夜葬』

第24回 2017年
大賞 受賞作なし
優秀賞 木犀あこ『奇奇奇譚編集部 ホラー作家はおばけが怖い』
優秀賞 山吹静吽『迷い家』
読者賞 野城 亮『ハラサキ』

第25回 2018年
大賞・読者賞 秋竹サラダ『祭火小夜の後悔』
大賞 福士俊哉『黒いピラミッド』

新名　智（にいな　さとし）
1992年生まれ。長野県上伊那郡辰野町出身。2021年「虚魚」で第41回横溝正史ミステリ＆ホラー大賞〈大賞〉を受賞し、デビュー。

本書は第41回横溝正史ミステリ＆ホラー大賞〈大賞〉受賞作を、加筆修正のうえ書籍化したものです。

虚魚《そらざかな》

2021年10月22日　初版発行

著者／新名《にいな》　智《さとし》

発行者／堀内大示

発行／株式会社KADOKAWA
〒102-8177　東京都千代田区富士見2-13-3
電話　0570-002-301（ナビダイヤル）

印刷所／大日本印刷株式会社

製本所／本間製本株式会社

ISBN 978-4-04-111885-6　C0093